Maddalena Caprara

Per tutto l'oro del mondo

Youcanprint *Self-Publishing*

Titolo | Per tutto l'oro del mondo
Autore | Maddalena Caprara
ISBN | 978-88-27847-78-7

Youcanprint *Self-Publishing*
Via Marco Biagi 6 - 73100 Lecce
www.youcanprint.it
info@youcanprint.it

Alla mia tribù, ai loro cuori pesanti.
Agli sguardi presenti, agli abbracci contenuti.
Alle parole non dette, ma sussurrate.
Ai labirinti di sabbia leggeri e coerenti.
Alla perseveranza degli attimi.
A mia madre,
mio padre,
Franci,
Isa,
Filo

Assecondo i movimenti, mi lascio inghiottire dai protocolli d'emergenza, dalla concitazione obbligata che satura l'aria di particelle instabili. L'ago cannula entra perfettamente, favorisco l'invadenza di quel corpo estraneo nella carne nonostante la riservatezza esasperata da cui sono affetta.

Lo farò anche con gli aculei successivi che mi pungeranno altre quattro volte. E' un dolore muto che non lascia niente, neppure i sintomi dell'intrusione.

Fisso il monitor dei parametri vitali per eludere gli sguardi degli uomini che mi salveranno, proiettati come laser sul mio corpo, sulla mia esistenza apparentemente sana e compiacente .

Come in una piroetta cerco stabilità in un punto ancorato per mantenere il coraggio, per tentare di captare una diagnosi diversa da quella formulata dall'affanno di tutti. Lascio che la competenza posi il polverone che in un attimo di tempesta ha impregnato la stanza e le vie aeree .

Fatico a respirare eppure non ho paura.

Quando mi sfilano i leggings penso a come la confusione dei pensieri quella notte mi abbia convinto a lasciare indosso i mutandoni a righe bianche e rosa, e a permettere che la pelle delle gambe rimanesse squamata come quella di un serpente. Io che di crema imbrattavo persino le ascelle.

Un angelo deve aver percepito la nenia fastidiosa che da oltre quattro ore attanagliava il petto e la parte inferiore della scapola sinistra. Una cantilena costante, un tormento persistente che ha nauseato i pensieri fino a ridurli in un ammasso di azioni stereotipate. Le stesse che mi hanno incoraggiato a prendere l'auto e a dirigermi verso il pronto soccorso di Fano.

Erano le 5 di un lunedì mattina d'estate, il sole sputava i primi raggi sul gigantesco campo di girasoli.

Dovrò farci una foto appena torno ho pensato, invece sono trascorsi sei tramonti, sette volte l'alba ha illuminato il mondo e miei fiori preferiti senza che potessi vederli.

Non avrei mai lasciato il letto disfatto e i biscotti sul tavolo, né mi sarei sognata di uscire di casa senza un filo di matita nera sotto gli occhi.

Sono una precisa, quasi ossessiva, una di quelle a cui urtano le spugne sul lavabo e le sedie non infilate sotto il tavolo.

Detesto lasciarmi alle spalle il disordine, ma a dire il vero non avrei mai creduto di rimanere sospesa per tutto quel tempo. A 38 anni non è associabile la storia dell'infarto, è un racconto che prende credibilità dopo i 50.

Ho viaggiato piuttosto tranquilla quella mattina, sulla strada deserta, silenziosa, e lasciato che l'aria novella ossigenasse i polmoni frastornati dagli strani eventi. Non ho mai pensato di morire nonostante la sudorazione fredda, il respiro corto e la nausea. Trascinata da una forza soprannaturale, da un alieno consapevole che mi ha rapito e scaricato giusto in tempo nel triage stranamente disabitato del pronto soccorso. Nessun tipo di panico e angoscia, ho persino fischiettato lungo il tragitto.

Ho camminato avanti e indietro per cinque minuti solcando un binario sul pavimento prima di suonare il campanello della sala emergenza: mi vergognavo da morire. Tormentata da un evento bizzarro che non avevo mai conosciuto, da una sorta di sofferenza farlocca impressa nel petto che non voleva andarsene nonostante la pazienza.

Ho atteso che qualche buon'anima scorgesse dai monitor di sorveglianza il mio imbarazzo saltellare da una parte all'altra della stanza.

Sono invisibile.

Capitolo 1

Mi siedo un attimo, per ascoltarmi, per classificare l'importanza del malessere. Per decidere se fuggire o restare. Mentre fisso la macchinetta del caffè nella sala d'attesa del pronto soccorso avverto la nausea correre in gola e lo stomaco abbandonarsi alla debolezza. Le mani rimangono stanche sulle cosce, gelide come una lastra di marmo. Sudo freddo, ritrovo il sintomo della notte insonne, lo stesso che ha allarmato il senno e costretto gli impulsi motori a rotolare fuori dal letto. Nulla è cambiato, il fastidio al petto logora la tolleranza. Stringo con le mani le ginocchia, testo il livello di forza delle falangi, spremo le meningi per trovare una soluzione idonea che mi allontani dalla confusione mentale.

Non ho ancora voglia di arrendermi, sono capace di controllare le sequenze vitali e i pensieri maldestri. Dopotutto è un disagio sostenibile che ad intermittenza segnala un ingranaggio mal funzionante. Calcolo il tempo che separa il malessere dal benessere, riempio i polmoni di aria per comprenderne la capienza. Quando soffio fuori il contenuto mi accorgo che non riuscirei a spegnere neppure una candelina. E' un fiatone inesperto, sconosciuto. Constato che la spossatezza e il sudore freddo rimangono stampati dentro gli organi.

Ho bisogno di un indizio che mi aiuti a comprendere la strada da imboccare, magari quello di un paziente moribondo che trasmetta pericolosità, saggezza, coscienza. Nessuna presenza, il silenzio della stanza accentua il meccanismo guasto e i rumori impacciati del mio organismo.

Fra un'ora suonerà la sveglia ed io sono ancora inibita dal delirio coerente e l'incertezza, nauseata dalla paranoia e dal senso di vergogna.

Cosa dovrei dire? Quale sofferenza bizzarra dovrei raccontare? Non ho idea di quale organo sia fallato o da quale posto provenga il turbamento. Il petto? Lo stomaco? La scapola? I polmoni?

L'unica cosa certa è che non mi sento per niente bene, e che fra meno di due ore dovrò combattere con una marea di ragazzini scalmanati.

Ho una nenia fastidiosa dentro il corpo ripeto tra me e me, e l'angoscia è identica a quella degli attori che si preparano ad entrare in scena per la prima volta. Un copione stanco e delirante.

Suono il campanello.

<<Ho dolore al petto da quattro ore!>> dico in un fiato alla ragazza che apre la porta.

Sorrido mentre sradico le unghie dei pollici, lo faccio sempre quando mi sento a disagio.

Voglio tutelarmi dalla debolezza, recapitare indolenza, escludere i pregiudizi legati ai frequenti attacchi di panico della gente divorata dallo stress di questa società insaziabile, che rovina i cuori di tutti e ruba tempo prezioso alle storie gravi.

L'instabilità lavorativa mi procurava non pochi pensieri, ma ero riuscita ad inquadrare il bilancio dopo aver severamente sgobbato gli anni successivi all'acquisto della casa.

L'ultimo anno era stato doloroso per via di una frattura nella sfera amichevole, avevo allontanato un'amica di vecchia data, non era stato facile adattarmi alla sua assenza dopo quindici anni di alleanza. L'avevo lasciata andare per sempre e custodito il buono di noi in un angolo del cuore.

Tutto sommato non mi sentivo stanca mentalmente ero riuscita ad assestare i cambiamenti.

Mi siedo sulla barella con un balzo atletico, necessario per fortificare lo stato di noncuranza.

Fatico a completare il respiro, le parole escono voraci, ma non finiscono, vengono inghiottite dalla spossatezza, dalla fame d'aria. Mi sento un'atleta durante la prova da sforzo che soggioga la fiacca per mostrarsi valida e idonea.

Lo sfigmomanometro preme sul bicipite brachiale, la pressione arteriosa è elevata.

<<Signora è agitata?>> chiede l'infermiere di turno, un ragazzotto giovane.

<<ASSOLUTAMENTE NO!>> rispondo infastidita, rimpallando i pensieri associati allo stress.

Gli elettrodi sono freschi, si appiccicano velocemente sulla pelle arsa dal sole di una domenica perfetta, la prima dal sapore estivo. Rilasso le braccia, giro i palmi verso il soffitto come quando recito il padrenostro, seguo con gli occhi il referto mentre viene sputato dall'apparecchio diagnostico. Sbircio l'espressione dell'infermiere, poi quello della dottoressa, voglio capire se c'è qualcosa che non va. Leggo i gesti, esamino la mimica, le smorfie associate ad una eventuale irregolarità, la comunicazione non verbale. Ascolto la telefonata di consultazione con il cardiologo del reparto soprastante.

<<In pronto soccorso c'è una ragazza che ha un elettrocardiogramma irregolare, gli dai un'occhiata per favore?>> la sua voce è un capitolo misterioso.

Comincio a capire che è una storia strana.

L'elettrocardiogramma rileva anomalie del tratto ST. Le T risultano negative anteriormente.

Gli scarabocchi non dovrebbero apparire in quel modo.

E' ancora tutto fermo, tutto tranquillo, solo le ipotesi mobilitano le idee, è la tregua prima della tempesta. Sorrido costantemente per comunicare una serenità che fatica a trasparire negli occhi degli altri.

Mi pungono, prelevano sangue, trafila obbligata per rilevare il livello di enzimi cardiaci.

Rispondo alle domande della dottoressa, dico che probabilmente il dolore alla scapola sinistra è dovuto ad un'insaccata in seguito alle numerose cadute durante un torneo di beach volley.

Il fastidio al petto poteva essere causato dall'indolenzimento dei muscoli respiratori, per l'aumentata frequenza cardiaca e il poco allenamento. In realtà sapevo distinguere i sintomi di un affaticamento muscolare, la nenia non proveniva da li. Ho avuto il bisogno o l'istinto di mentire alla consapevolezza, di bruciare tutti gli indizi che riconducessero alla logicità di questa storia.

<<Guardi dovrei andare a lavorare, fra mezz'ora mi suona la sveglia>> biascico continuando a mantenere un atteggiamento menefreghista, un meccanismo di difesa opportuno per incrementare la soglia di serenità.

<<Adesso si rilassi, non credo sarà possibile>> afferma gentilmente la dottoressa mentre aggiusta gli occhiali tondi sul naso.

Percepisco in quella frase una dinamica sofferente, devio la consistenza delle sue parole e le trasformo in un concetto a me più congeniale, legato principalmente ad una questione di tempistica ospedaliera e non di emergenza.

Avviso i colleghi con un sms volante, il testo breve e conciso non diffonde allarmismo. In questa giornata di ozio forzato perderò soldi e soprattutto le goliardate dello staff.

Da tre anni lavoravo come educatrice in un campo scuola gestito dal Coni. Era il mio sostentamento morale ed economico dei mesi estivi, una sorta di corso formativo o di sopravvivenza della durata di quattro settimane, animato dalla presenza di cento bambini dai 6 ai 13 anni. Ne uscivamo distrutti, ma arricchiti enormemente dalla condivisione quotidiana che rinsaviva la stanchezza e inspessiva il cuore.

Al termine faticavamo seppure sfiniti ad abituarci all'assenza reciproca, alla quiete, alle stupidaggini. Ero stata fortunata ad essere inglobata.

In carrozzina raggiungo la sala tac per una lastra al torace, dico al personale che non ho problemi a camminare, ma rifiutano l'offerta senza vagliare neppure le clausole.

In ascensore vorrei interloquire con la donna che spinge il trabiccolo, desidererei comprimere il silenzio e l'imbarazzo che ha invaso il loculo, ma la signora manifesta evidente stanchezza e poca voglia di assecondarmi.

La notte è fatta per dormire non per lavorare, penso.

Il radiologo è un vecchio conoscente. Saluto accennando un sorriso per valorizzare la stima nel ritrovarlo in quella veste dopo tanto tempo. Non ricambia l'affetto è innervosito dal sonno, torturato dalle palpebre che desiderano chiudersi.

Mi invita a togliere la maglia con un tono freddo e svogliato, a tenere le braccia alzate e il petto aderenti al macchinario. Sembro un disertore che attende la fucilazione. Obbedisco senza proferire parola, non dico nulla neanche quando fatico a trattenere il respiro durante l'esame diagnostico.

Non nascondo lo sdegno, sono infastidita dal suo modo di fare. Paragono i suoi pazienti ai miei, pondero quante volte la stanchezza ha innervosito i pensieri, rifletto sulle giornate no impregnate di pessimismo dentro palestre cariche di Puffi di appena 6 anni che non sanno allacciarsi le scarpe e piangono perché vorrebbero non essere toccati dal lupo nel gioco dell'acchiapparella.

Se dovessi approcciarmi allo stesso modo perderei gli abbracci e la confidenzialità di tutti i bambini del mondo.

Lo ringrazio ugualmente, ma non sorrido. In un pugno la catenina d'argento con la lettera M che mi ha regalato mia madre, non me ne separo mai è il mio portafortuna.

Di nuovo interrogata in sala emergenze fatico a spiegare

la tipologia di dolore che provo, è come se due organi non compatibili tra loro sull'altalena si toccassero, si dessero una spinta vigorosa per scansarsi e raggiungere maggiore altezza. Fitte sopportabili ma irritanti che si presentavano frequentemente, ogni cinque secondi.

Su una scala da uno a dieci il dolore che percepivo rasentava il sei.

A mio avviso la sofferenza, quella vera, era rappresentata da un urto violento al gomito, al mignolo del piede, un trauma distorsivo ad un'articolazione, mal di denti e mal di testa e non di certo da questa specie di cantilena noiosa che opprimeva il petto.

Giustifico la posizione in cui mi trovo, il ruolo di adulta che si diverte ancora a giocare sulla sabbia per ore, sotto un sole cocente, bevendo poco, mangiando nulla.

<<E' che lo faccio da sempre>> dico abbassando gli occhi, incrementando il valore della bugia appena proferita.

Avevo abbandonato la pallavolo da otto anni, dopo quasi vent'anni di semiprofessionismo, da tempo non rinnovavo la visita medica agonistica.

Mi divertivo saltuariamente a giochicchiare d'estate con gli amici dell'ombrellone, un modo spassoso per guadagnarsi pinte di birra.

Mi spostano nella saletta degli ammalati indifferenziati, un agglomerato di natura umana avariata che traspira marciume. Il più giovane a parte me sfiora i 90 anni.

Invio un whatsapp a Isa la mia gemella, so che è già sveglia, oggi le tocca il turno al mattino. Sono estremamente consapevole che sarà arrabbiata e delusa per non averla interpellata prima. E' un'ottima infermiera, la risoluzione dei malanni casalinghi, la regina dei "picchi". Per quanto fossimo uguali dentro e fuori, non avrei mai scelto il suo cammino faticoso e neppure saputo affrontare il dolore dei suoi pazienti.

Avevo preferito l'indulgenza sana quella destinata ai

bambini incolumi, lei invece la saggezza e le persone mala-
te bisognose di cure e amore. Centro trapianti di midollo
osseo a Pesaro, non esiste paziente che non abbia immaginato e pianto insieme a lei.

" Ciao lattuga sono al PS, dolori al petto non ho chiuso
occhio, ho l'elettrocardiogramma un po' mosso adesso ac-
certamenti, sarà lo sforzo"

Me la ritrovo in stanza dopo appena quindici minuti.

E' la bacchetta magica di cui ho bisogno, la polvere mi-
racolosa che avvera i desideri, il guerriero che scaccia gli
orchi e riporta la pace nelle favole.

Per un attimo la scala di dolore scende a tre, mi sembra
di stare meglio.

<<Ho avvisato il reparto, tarderò, attendo l'esito dell'e-
same!>> bisbigliando, infliggendomi pacatezza e amore.

<<Se gli enzimi cardiaci sono sballati siamo un pezzo
avanti!>> le dico burlandomi, sorpassando la barriera del
suono con un ghigno molesto.

Poi mi vengono a prendere, di nuovo gli alieni mi rapiscono e mi trascinano nella sala delle emergenze. Quattro
aculei attraverseranno il mio corpo.

Mi spogliano completamente disinteressandosi della timidezza che preme le guance colorandole di rosso. E' il calore della riservatezza che mi tiene agganciata alla realtà, è
la pudicizia che interroga i muscoli e i nervi alimentando
una tensione stonata che non c'entra nulla in quel contesto
di emergenza. Copro istintivamente i seni con le mani, fermo l'intento quando gli aghi che premono nella carne mi ricordano che è tutto lecito, nessuno rimembrerà il mio corpo
nudo. Mi lascio andare.

Le sensazioni sono fili d'erba dispersi in un clima che
odora di impazienza, non percepisco i contatti umani, neppure la freschezza del gel spalmato sul petto. Sono sospesa
in una bolla di niente, un agglomerato di carne da macello
che deve essere sottratta alla morte, rinsavita dall'accortez-

za degli anni giovani, dalla fibra forte che ha permesso di raccontarmi.

Non ho paura, spero solamente che mi riportino indietro, alla mia vita, alla mia storia, alla mia famiglia.

La sonda sfonda il petto e lo stomaco, esco dal torpore, ritorno improvvisamente sul pianeta terra. Come sotto l'effetto di una dose di Narcan acuisco nuovamente i parametri sonori, le voci concitate e i termini sconosciuti. Sono timbri avvelenati, inquieti, sono espressioni estranee, lontane da quelle abitudinarie della mia esistenza.

Assimilo i gerghi medici filtrandoli nei meandri della conoscenza universitaria, comprendo la gravità della situazione quando il livello di troponina che dovrebbe rientrare nei 40ng/l sfiora i 7.500 e conferma la diagnosi.

Infarto del miocardio.

Io che il giorno prima avevo vinto un torneo di beach volley, io che durante la prova da sforzo avevo il miglior recupero cardiaco di tutte le mie compagne di squadra.

Piango in una compostezza disarmante. Solo le lacrime certificano un'emozione che rimane sterile dentro il corpo, lontano dai sentimenti. E' un impeto rivolto alla mia famiglia, non a me stessa, alla mia gemella che attende oltre la porta, in uno stato di angoscia esasperata. Percepisco il suo ritmo cardiaco, la disperazione nello stomaco e nelle deglutizioni.

Dovrebbero intuire che il nostro cuore è stato diviso allo stesso modo e che lei è la mia metà perfetta, comprendere che le anime sono state mescolate in un unico impulso.

Vorrei gridarle che sto bene, mentirle, dirle di stare tranquilla, non succederà più nulla, non oggi. Vorrei averla accanto, annusarle i capelli, stringerle il pollice, stuzzicarle il palmo con i grattini che le piacciono tanto.

Tornare nella sala degli indifferenziati, sdraiata sulla barella con il naso appiccicato al suo, mentre ci raccontiamo sussurrando, in un clima di calma apparente, di diagnosi non fatte, di vita normale.

E' il contatto di cui ho bisogno in questo momento, è la certezza che mi consente di rimanere stabile. La cerco con i sentimenti nella complicità di cui siamo affette.

Voglio vederla, tenermela stretta, rimanere dentro le sue braccia.

L'odore della tormenta impregna l'aria, i vortici nervosi devastano la quiete, i passi diventano rocce scagliate sul pavimento. Il frastuono dei gesti si attacca ai timpani.

I camici bianchi riempiono la stanza, sembrano fantasmi smaniosi, angeli precisi senza scrupoli, privi di sentimenti, di meccanismi umani. Sono chiamati a servire la patria, a salvare la carne, a decifrare gli screzi del corpo senza guardarci negli occhi. Hanno imparato a suddividere l'anima dai tessuti umani, istruito i pensieri a rimanere immobili dentro le viscere di protocolli universitari.

Fisso le luci dei neon per sviare i loro sguardi, non voglio leggerli e comprenderli.

La radiazione luminosa sconquassa le iridi, ci sono chiazze scure in tutta la stanza, ombre ovunque che eclissano i codici dell'obiettività. Le voci raccontano la mia storia, la fretta narra l'emergenza, l'odore antisettico conferma la mia presenza fisica nella sala della concretezza.

Firmo il consenso per un'angiografia coronarica, deglutisco macigni che scalfiscono faringe e esofago. Annuisco mentre i medici delucidano il percorso a cui sarò destinata.

Scrivo troppo veloce, la mano è impastata, le lettere escono strane, sono montagne appuntite trascinate dalla fatica. Comprendo tutto anche la sterilità dei vocaboli che risuonano come tamburi nelle tempie.

Sono una paziente critica ora, con un'insufficienza cardiaca importante ed un ventricolo sinistro ipocinetico, che ha assunto la forma di un cestello da pesca per polpi.

Sindrome di Tako-Tsubo diagnosticheranno, infarto da

stress in seguito ad uno sforzo fisico strenuo.

Io che avevo urlato a squarciagola dopo il punto della vittoria, io che avevo abbracciato Fabio il mio compagno di squadra come se avessimo vinto l'oro olimpico sul campo di Copacabana. Io che nonostante la stanchezza e la nausea avevo combattuto fino alla fine.

Alterazione della cinetica distrettuale del ventricolo sinistro, l'apice del cuore non si contrae come dovrebbe, ha perso vigore, è un palloncino statico.

Di nuovo la sonda si insinua nella bocca dello stomaco. E' il cardiologo di turno che rovista dentro di me, un giovane dottore che continua a darmi del voi e a domandarmi quale tipo di sgomento o trauma emozionale possa aver subito per mortificare il cuore in quel modo.

<<Che vi è successo? Che razza di spavento avete preso ?>> ribadisce concitatamente, mentre sfonda lo stomaco con la sonda.

Con uno spiraglio di voce dico che non è accaduto nulla di così grave, non potevo credere che un torneo di beach volley potesse scaturire un tale pandemonio.

Il dolore è lancinante poiché la compressione è tale da bloccare il respiro. Sento le ossa resistere e combattere contro le sue mani che premono forte. Per un attimo si è temuta la dissezione dell'aorta, poi la mimica del medico si è rilasciata e un sospiro buono si è levato verso il cielo.

Ha gli occhi onesti e un sorriso che dona spensieratezza.

Tante le parole acquisite da un vocabolario poco conosciuto che reclamano un'emergenza, ma anche incredulità in una situazione infrequente.

Desidererei decriptare i movimenti naturali del muscolo cardiaco attraverso il monitor, captare le lesioni che lo hanno martoriato.

Ascolto e basta. Nessuna formulazione di frasi sensate, di una preghiera, sono un essere in aplasia.

Rimango immobile come l'apice del ventricolo, fisso i

piedi abbronzati, ma non vedo nulla.

Mi infilano la camiciola ospedaliera, sono attenti agli aghi e ai fili che mi guidano, sembro una marionetta, una bambola che si lascia custodire dalle mani premurose. Non dico nulla accetto la cagionevolezza, tendo il mio corpo perché possano sorvegliarlo e scortarlo verso l'incolumità.

Abbasso lo sguardo, comprimo le lacrime, le trattengo dentro gli occhi per sfuggire alla tristezza che preme nella gola edificando nodi ingarbugliatissimi.

Ci sarebbero anche i singhiozzi, ma riesco a contenerli nelle corde vocali, e quando raggiungono la barriera del suono li ingoio imprigionandoli in un'armatura perché possano tacere.

Vorrei che nessuno auscultasse la mia fragilità, desidererei deviare le emozioni gracili in un altro pianeta per fingermi invulnerabile, invece le lacrime fuoriescono dalla corazza e colano giù dal naso. Le scanso con il dorso della mano, mi asciugo con la camiciola, obbligo i pensieri a diventare coraggiosi. Tutta la tristezza finisce così, intrappolata nel circuito deputato all'autocontrollo. Ritorno sterile e forte, mi preparo ad affrontare il sentiero sconosciuto.

Intorno a me il silenzio del rispetto che fa rumore, un frastuono assordante incapace di proteggere qualunque cosa. Nessuno dirà nulla, tutti quanti assolveremo i nostri compiti senza emettere suoni, ubbidiremo alle circostanze. Non guarderò neppure le loro iridi per mantenere la codardia e rimanere sprovveduta.

La dottoressa mi accarezza e mi congeda, in quel gesto c'è mia madre, mia sorella, la sensibilità femminile di una sconosciuta. Avrei dovuto ringraziarla per quella umanità, per avere insistito e manomesso le circostanze ordinarie che escludevano una diagnosi insolita come la mia, per aver rinnegato il menefreghismo e la noncuranza.

Mi trascinano fuori, nei corridoi stretti e spigolosi. Imbragata saluto mia sorella con un bacio e le lacrime che avrei dovuto trattenere, per mostrarmi indenne. Non posso neppure toccarla e inglobare il calore del nostro affetto.

<<Ci vediamo dopo>> le sussurro sorridendo, quasi volessi accentuare il livello di sfiga. In realtà desidererei strapparle il cuore per abbracciarlo e detergerlo dalle angosce. Riusciamo solamente ad incollare gli occhi fino alla porta che ci separerà. Rimane impressa la sua volontà di farcela, di combattere la sofferenza, di guarire il dolore senza ammettere cedimenti.

Non ho mai pensato di non rivederla mai più.

E' difficile raggirare il sentore di chi conosce le eventualità, la serenità falsata sul mio volto non avrebbe cambiato la diagnosi, si sarebbe accorta della menzogna.

Mentre corriamo in ambulanza verso l'emodinamica di Pesaro per la coronarografia gioco ad indovinare le zone della città.

Non l'avevo mai vista da quella prospettiva, non avevo mai guardato i tetti e gli alberi proiettarsi in quel modo. Volevo rimanere qui, in questo pianeta nonostante le bizze strane a cui siamo destinati. Non è facile comprendere e aggiustare, ci si adatta e basta anche quando un cuore buono non rispetta i numeri e farfuglia debolezza.

Assorbo i rimproveri del medico, gli insulti gridati sopra la sirena. E' di nuovo la vergogna l'unico sentimento che mi sfiora per non aver rispettato i protocolli fisiologici del mio corpo. Io che insegno educazione fisica e che ho investito tutta la mia vita nell'attività motoria avevo trasgredito le regole basilari, dimenticato la negligenza, sfidato la pazienza che si era rivoltata contro come un animale inferocito lasciandomi una ferita spessa nei tessuti e nell'anima.

<<Lo sport uccide!! Come le viene in mente di giocare tutte quelle ore sotto il sole!>> grida il cardiologo che mi scorta in emodinamica. Non mi guarda neppure in faccia è impegnato a trattenersi per via della velocità e delle buche sul manto stradale.

Taccio, continuo ad indovinare i quartieri per sviare una verità che si insinua nelle orecchie, nelle cellule della pelle, nella testa.

Sopra i pensieri le parole diventano insopportabili.

Vorrei gridargli contro, dirgli che la mia vita è stata pianificata dentro una palestra, sui campi, negli spogliatoi, in una dose di adrenalina sparata a duecento chilometri orari nella pancia, in un impeto di angoscia pre-gara che prima immobilizza le mani e poi ti trasforma in un animale da combattimento.

Per tutto l'oro del mondo non avrei mai e poi mai scelto un'esistenza diversa da quella che amavo tanto.

Taccio perché il cielo è terso e io sono ancora prigioniera della mia incuria.

Attraversiamo i corridoi dell'ospedale di Pesaro, lascio scivolare gli occhi della gente sul volto mentre scruta la mia sfortuna in una curiosità naturale e scontata.

Sistemo i capelli e la camiciola ospedaliera per essere presentabile, stringo le mani come se pregassi, per coprire i sintomi della malattia, per sradicarmi le unghie dei pollici.

Oserei descrivere la paura, ma non ricordo di averne avuta neppure quando dalla morbidezza del materassino sono passata al tavolo delle torture.

<<Ciao Maddalena>>

Non mi stupisce il fatto che la dottoressa conosca il mio nome, lo aveva appreso durante la chiamata di emergenza in pronto soccorso, dai documenti di procedura.

Quella sorta di accuratezza nei miei confronti mi fa sentire bene e in buone mani.

<<Ciao>> rispondo con un fil di voce.

E' una ragazza abbronzata, gentile e accogliente. Racconta il procedimento a cui sarò destinata in una fiaba lineare e gradevole.

Sono una principessa sul tavolo di cristallo.

Nella stanza la confusione dei preparativi mi fortifica, il

cumulo di sorrisi femminili disarma la tensione, allontana i sensi di colpa. E' un'equipe di sole donne abituate a guerreggiare contro discrepanze cardiache e coronarie suturate da esperienze vitali insane. Allenate a trasferire leggerezza e fiducia dentro contesti di emergenza, addestrate a rimanere salde e graziose, sempre.

Di nuovo mani addosso che scrutano percorsi accessibili, introvabili per colpa di vene prosciugate dalla disidratazione.

Ci sono monitor giganti alla mia sinistra, enormi tubi grigi puntati sul soffitto che si collegano alla stanza adiacente. Contengono impulsi elettrici necessari per rilevare le anomalie della gente.

I bip sonori dei macchinari arredano la quotidianità, chiunque in questo posto è abituato a superarli attraverso un mucchio di parole gridate dolcemente.

Ho le mani fredde per via del climatizzatore sparato ad una temperatura glaciale, o forse è il mio modo di manifestare il terrore.

So che la coronarografia è una procedura invasiva, serve a studiare il cuore in movimento attraverso l'inserimento di un catetere nell'arteria radiale.

L'anestesia locale fa effetto, pollice e polso destro diventano elementi extra corporali, tento di inviargli impulsi motori senza successo, rimangono immobili. Non guardo mentre la dottoressa inserisce il catetere, immagino il procedimento tramite i movimenti concretizzati sul mio braccio.

Appuro che la sonda ha un diametro importante, lo percepisco dalla pressione del corpo estraneo dentro l'arteria.

<<Inietterò il liquido di contrasto, sentirai un forte calore dal collo fino ai pedi, potrai avvertire un leggero cambiamento del ritmo cardiaco, non preoccuparti è normale!>>

La vampata accalora l'arteria del collo, velocemente raggiunge il ventre, mi sembra di avere urinato addosso. La dottoressa rassicura il mio sguardo imbarazzato, tutto conforme alla procedura.

E' una sensazione piacevole e strana che dura pochissimo, ma che lascia energia anomala nel corpo.

Poi il cuore comincia a trottare, rimane vuoto per un millesimo di secondo, immobile, poi riparte fulmineo modificando il respiro. Per un attimo ho paura nonostante le avvisaglie precedenti. E' la prima volta da quando sono immersa dentro questa storia. Temo che il muscolo cardiaco possa schizzare fuori dal petto oltrepassare il controllo dei medici e fermarsi per sempre. In una manciata di secondi immagino il mio corpo freddo e immobile su quel tavolo, i piedi extraruotati, le labbra viola e le mani che penzolano fuori dal lettino. Non ho abbracciato mia sorella, né salutato la mia famiglia. Non voglio morire qui, adesso, sotto queste luci, con il petto sfondato dal massaggio cardiaco.

Annuso virtualmente i capelli dei miei nipotini, li bacio, accarezzo mio fratello, mia madre, mio padre, stringo forte mia sorella maggiore. Li tengo stretti, mi aggrappo alle spalle forti che fin'ora mi hanno trattenuto felice in questa vita.

E il cuore si placa, nelle orecchie rimangono le loro voci, nella bocca il sapore dell'affetto familiare.

Il respiro torna quiete.

La mimica si rilassa, espiro profondamente tutta l'angoscia, i muscoli cedono, li sento squagliarsi sotto di me. Ho voglia di dormire.

<<Abbiamo finito Maddalena! Le coronarie sono a posto!>>

<<Benissimo!!>> grido forte superando la barriera del suono, in un lampo di gioia istintiva.

Mi rendo conto di avere urlato e strabuzzato gli occhi. Non mi vergogno, sono felice.

Il bendaggio compressivo preme sulla pelle, sulle ossa insensibili, servirà a tamponare il sangue della piccola ferita.

Il pollice resta inerme, di marmo, è una sottigliezza a cui non do più peso.

Ho la stessa rilassatezza di chi ha superato l'ultimo esame universitario ad un passo dalla scadenza della tesi.

Le pareti sfilano veloci rimangono incastrate nel quadro visivo per pochi secondi. A ritroso ripercorriamo i corridoi disinfettati, sorrido ai volti che prima mi hanno scrutato, trasudo un coraggio diverso da tutti quelli affrontati fino ad ora.

Inglobo ossigeno nel breve tratto di strada che ci separa dall'ambulanza, aria estiva appena nata scaldata da un sole ritardatario, bramato e atteso da tempo sulle spiagge, sulla pelle ancora cerulea della gente. Incorporo un raggio destinato alla fronte e il calore reale che accerta la mia esistenza in questo pianeta.

Sfido il sole e il suo bagliore, rimango ferma di fronte al fascio luminoso, voglio guardarlo e riguardarlo, escludere l'artificialità dei neon che non dipingono e lasciano la parte più buia dei colori sui volti. Inspiro profondamente particelle aeree, gonfio i polmoni riempio gli alveoli di natura per utilizzarne a piccole dosi durante la prigionia ospedaliera. Con la mano afferro un raggio di sole e me lo infilo sotto il lenzuolo, servirà a rischiarare il buio della notte, a sostituire la abat jour di casa mia.

Nemmeno una nuvola confonde il cielo, oggi la spiaggia brulicherà di persone, di studenti in ferie dopo gli esami.

Qui l'estate comincia ad entrare nei desideri della gente il giorno dopo aver bruciato il pupo di carnevale, quando la luce del giorno regala più minuti e le vetrine espongono abiti pastello per la Pasqua. Quando cominciano a spianare le montagne di sabbia, a riportare in equilibrio le insegne dei locali estivi, a riverniciare le cabine in concessione.

Di nuovo la sirena sopra i pensieri, tra i tetti e le foglie degli alberi rientriamo in patria più rilassati dopo l'esame negativo e le coronarie indenni.

Anche il cardiologo è diventato buono, la sua voce è pacata come quella di un padre che dispensa consigli. Le domande imbevute di quotidianità scivolano leggere lungo una strada che ora appare levigata. Rispondo, mi concedo senza temere ripercussioni, allungo il collo, cerco gli occhi del medico per carpirne l'essenza, per snaturare la sterilità dei suoi pensieri.

Non sradico unghie trattengo in un pugno il raggio di sole.

Capitolo 2

<<Può avvisare mia sorella per favore? Può dirle che è andato tutto bene?>>

Lei è rimasta al mio fianco per tutto il tempo, sebbene non ne fossi certa ho annusato la scia dei suoi respiri mentre sul tavolo di cristallo rovistavano dentro di me.

Ricordo mia madre due anni prima e la sua chioma bionda rilasciata sulla barella, mentre veniva trasportata in emodinamica in seguito ad un grosso infarto. Aveva gli occhi stanchi e spauriti, la pelle cerulea, le mani dentro il lenzuolo e un'espressione di chi non ha capito nulla.

Cercava spiegazioni dentro le nostre iridi, tra i singhiozzi che non sono riuscita a trattenere nemmeno un secondo. Ho faticato a contenerli nello stomaco, uscivano involontariamente lacerando il silenzio imposto dalla gravità della situazione.

Ho avuto il terrore di non rivederla mai più.

A due anni di distanza percorrevo il medesimo tragitto, dopo la stessa procedura nonostante l'età acerba e una vita corretta.

Mia madre rimase in quell'ospedale per una settimana, dopo aver inserito tre stent e liberato le coronarie impiastrate di troppo tabacco ed ereditarietà malsana.

Io tornavo a casa, nella mia Fano, nella città della fortuna e del carnevale.

Dopo l'evento coronarico di mamma il nostro modo di

comunicarle episodi spiacevoli era cambiato, assemblavamo parole in un puzzle condito di estrema tranquillità, deglutivamo frequentemente per mantenere il controllo della voce. Questa volta era diverso dovevamo fare i conti con una vicenda più anomala del solito. Sono questi i momenti in cui vorresti essere orfana e sola al mondo, per non gravare sui cuori di chi ti vuole bene.

Isa escogita un piano informativo semplificato che delinea la gravità del momento, lo fa senza trapelare emozioni forti, poi però esplode in un pianto sconsolato e vomita la disperazione a mia sorella maggiore. Lascia che la tormenta dimentichi la sua forza come un uragano finito prima di comunicare la storia ai miei genitori.

Mi scortano nella sala per pazienti monitorizzati in terapia intensiva coronarica. Nelle mani le mutande a righe bianche e rosa sistemate dentro un guanto blu. Le terrò strette in un pugno, serrate come le cosce per mantenere la pudicizia.

Sotto la barella le Havaianas color sabbia uniche superstiti di un sciacallaggio di emergenza. Non ho idea di che fine abbiano fatto i miei vestiti, i leggings e la maglia viola stropicciata. So solamente che li rivoglio indietro.

Continuo a soffocare le domande nella pancia, in uno stato di imbarazzo perenne che fatico a superare. Non esce nulla dai pensieri, tutto rimane bloccato nell'emisfero deputato alla formulazione di frasi. Sembro un'idiota che sradica unghie e annuisce continuamente.

Questa scelta involontaria trasuda rabbia repressa da un'emozione che sovrastima la felicità di essere sopravvissuta.

Mi accolgono come un ospite gradito nonostante le emergenze improvvise e le difficoltà legate ai posti letto.

Mi sistemano davanti la guardiola, di fronte ai monitor di tutto il mondo.

Vengo assalita nuovamente dallo stato di noncuranza,

non voglio che mi aiutino a spostarmi dalla barella al letto.

<<Faccio da sola, grazie>>

Mi sollevo sul braccio vivo e mi lascio cadere sul materasso. A parte la nenia fastidiosa al petto mi sento forte e valida.

Gli infermieri assecondano la mia volontà accompagnando i movimenti in una compostezza tarata dalla pazienza.

Sono rigida e un po' nervosa desidererei non essere toccata, rivoglio la mia vita e i miei spazi, il mio letto e i biscotti dimenticati sul tavolo.

Invece gli elettrodi si insinuano nella pelle e come sanguisuga prepotenti prosciugano la riservatezza, auscultano la mia esistenza, la riproducono sul monitor in mondo visione.

Sono imprigionata da fili colorati, da bip sonori che allertano qualsiasi forma di evasione.

<<Grazie, grazie>> continuo mantenendo un tono spocchioso che rasenta la maleducazione. Voglio essere lasciata in pace perché sono arrabbiata e stanca. Stremata dall'imbarazzo e la menzogna che persevera rosicchiando la concretezza.

Non è successo nulla ripetono i pensieri, e la testa è un sussulto di risposte non date e quesiti irrisolti. Mi fanno male i muscoli e gli addominali per mantenere immobili le emozioni, per evitare che sfuggano al controllo.

Non ho idea di cosa e di chi mi circondi, lo sguardo rimane circoscritto sulla sponda del letto, sul mezzo busto delle persone che ancora non hanno un volto definito.

Solo dopo essermi concessa sistemo la camiciola, rilasso i muscoli e scivolo lentamente sul cuscino in una rassegnazione obbligata che non lascia scampo. Quando le spalle sfiorano lo schienale mi rendo conto che questa brutta storia non è un sogno, è una realtà bizzarra a cui non so dare un nome. Il giorno prima avevo spremuto il sole perché si incollasse alla pelle, giocato a beach volley e vinto un torneo. Ora giacevo in un letto d'ospedale nel reparto di terapia intensiva.

Faticavo a capire il senso di ogni cosa.

E' la brillantezza dello staff che mi aiuta ad ampliare la visione di quel nuovo mondo, è la gentilezza delle parole che favorisce l'adattamento a quel momento.

E' un infermiere che sfrutta la competenza e mi riempie la testa di domande felici riguardanti la mia esistenza e non la mia malattia. Sembra un amico, un conoscente a cui voglio raccontare tutto in un fiato. E' una giovane tirocinante con la sua meravigliosa grazia che sistema nell'ago cannula la flebo di potassio.

Sono gli angeli dai camici blu che aggiustano la scena perché possa sentirmi a casa.

Espiro un po' di natura conservata nei polmoni, lascio che l'ambiente assuma le sembianze di un pianeta confortabile.

Durante l'anamnesi scopro la monotonia degli ultimi anni e la noia dei giorni tutti uguali.

Vorrei affermare di avere fumato mille sigarette e bevuto litri di wodka a colazione, mangiato anelli di cipolla a merenda e oziato spropositatamente.

Viaggiato instancabilmente con i last minute ogni weekend, scalato montagne altissime. Mi serviva una giustificazione per delucidarmi, per comprendere la sorte. Per cancellare il buonismo delle cose, la concretezza sana a cui avevo affidato i mie propositi vitali.

Era accaduto a me l'insegnante del benessere e della prevenzione e non avevo esagerato affatto con le schifezze e le proibizioni.

Sono le dieci di una mattina interminabile, me ne accorgo solo quando finalmente sollevo il capo e scopro che la luce della stanza non è poi così fioca.

Riemergo dalle viscere della terra, rientro nel sistema sonoro della tangibilità, constato che sono una paziente, una malata e non una qualsiasi.

Vicino a me un uomo tormentato dalla malattia che lo tiene prigioniero dai primi boccioli primaverili in una condizione di frastornata dignità. Non saprei dargli un'età poiché la stanchezza del combattimento logora i tessuti e i pensieri. Qui i malati gravi rimangono fino a quando non si stabilizzano, possono passare dei mesi, a volte ci si lascia sconfiggere. Non lo vedo per via della tendina che separa la privacy, ma ascolto la sua voce trainata dalla fatica mentre insulta gli infermieri.

Ci sono altri pazienti in stanza, lo capisco dalle aritmie segnalate dai monitor, dai bip continui che normalizzano questo tipo di ambiente, dai lamenti e i campanelli.

C'è un via vai persistente di camici bianchi e blu, di zoccoli trascinati dalla fretta e le cose da fare.

Lo schienale rialzato mi costringe a scivolare in avanti, sembra che il letto non riesca a contenermi, avrei bisogno di altri venti centimetri per accomodare i piedi. Sorrido quando penso al mio alluce spropositato e alle storielle bizzarre del mio amico Peppe.

Sono stanca e adesso che il livello di stress è sceso potrei appisolarmi, ma ogni volta che le palpebre cedono un senso di allarmismo incrementa il ritmo cardiaco ed il respiro. E se non mi svegliassi più? Così ritorno vigile e continuo ad osservare il nuovo mondo, a valutare le luci arancioni che si accendono ogni volta che il cuore schizza o rallenta troppo.

Inceppo lo sguardo sulla goccia di potassio che precipita nel deflussore, poi sulla fasciatura che comprime il polso. Accarezzo il pollice, tento di ripristinare sensazioni tattili, penso alle vecchie fratture procurate in palestra quando la palla colpiva prepotentemente le dita delle mani ogni volta che muravo una schiacciata. Avevo fratturato il pollice due volte, prima alla base poi alla seconda falange limitando di gran lunga la prensilità, da tempo non era più opponibile. Spesso si sub-lussava, ma avevo imparato a riposizionarlo in sede nonostante il dolore. Non ho mai ceduto agli infortuni volevo giocare a tutti i costi, anche quando la cuffia dei rotatori si è inspessita e infiammata, e spade taglienti laceravano i tendini ad ogni movimento. Dormivo sul fianco sinistro dopo aver utilizzato vagoni di ghiaccio. Consumavo chilometri di taping e di antidolorifici, ma in campo il numero 7 non mancava mai.

Oggi avrei dovuto consegnare il mio distintivo, la mia divisa, il mio numero di maglia, per sempre.

Tutti riportano i segni di una passione specialmente se ne concedi gran parte della tua vita. Ci si adatta alle usure, automatizzi gesti per continuare a combattere, li aggiusti perché possano funzionare. Non esiste un futuro ragguardevole quando ami qualcosa, non si pensa ai danni che ti porterai appresso per tutta la vita. Sono conseguenze formative, pezzi di storia da raccontare, cicatrici importanti che rimarranno scolpite per sempre in qualche tessuto o organo. Un cimelio di fierezza da mostrare a coloro che si sono risparmiati.

Mi chiedo come possano vivere gli esseri umani senza aver provato.

Spesso mi domandavo quando e come sarebbe stato possibile abbandonare quella vita, ma tutto arrivò semplicemente come un normale percorso destinato.

E per quanto fosse impossibile comprenderlo, scivolai nella nuova esistenza con la stessa volontà con cui mi ero tolta.

Neanche un giorno era mancato della vecchia abitudine, avevo assimilato la linfa, coltivato i frutti di un cammino perfetto che mi aveva maturato e impregnato i pensieri di onesti propositi. Li ho custoditi per renderli ai miei ragazzi, ai bambini che come me avevano scelto di bruciare dentro l'adrenalina buona di una competizione. Avevo continuato ad insegnarla come gli altri avevano fatto con me, inciampando in sacrifici pesanti, avvalorando le prodezze di un'emozione post obiettivo. Lo avevo scelto come lavoro nonostante le ristrettezze indecorose serbate a questi ruoli ancora bistrattati. Oggi più di ieri ne sono fiera.

Quando arriva la mia gemella le luci arancioni e i bip sonori impazziscono, il cuore sebbene impigrito dalle mortificazioni favorisce apporto di sangue e calore in tutto il corpo. Sono felice.

Le dona il camice verde monouso, risalta il colore degli occhi, li immerge in un agglomerato di sfumature tenui che incoraggiano la serenità. Nessuna lacrima, tanti sorrisi consapevoli e occhi a forma di cuore.

Ci stringiamo le mani anche se vorremmo abbracciarci fino a spremere tutte le pene che in quel momento ci affliggono. Riassumiamo tutto in uno sguardo carico di segreti, lo stesso che racchiude una complicità esasperata. Rido forte perché voglio distendere i suoi nervi e farle intendere che ci si può sbagliare qualche volta, anche quando la fandonia dell'imbattibilità è l'unica attenuante che ti assolve. Mi bacia in fronte in una compostezza obbligata per via della gente ed io non riesco a smettere di guardarla. Voglio farle capire che non è successo granché, anche se sono prigioniera di un monitor e l'apice del ventricolo sinistro è un cestello per polpi che ha smesso di contrarsi. Sono sopravvissuta alla noncuranza grazie ad una dose di fortuna, ad una fibra forte che mi ha risparmiato. E' una ferita che non vedo, non riesco a giustificarne la gravità, è rimasta tra le viscere di un corpo, tra una crepa che ha sbriciolato l'intero organismo. Non ho idea per quanto tempo rimarrò sepolta tra questi detriti e non vedrò la luce.

Persino le vesciche ai piedi scaturite dalla sabbia bollente del giorno prima sono scomparse e del dolore muscolare post attività nessuna traccia.

Sono un fantasma probabilmente che ha dimenticato come ci si comporta.

Nonostante il marasma di gente, ci siamo solo io e mia sorella dentro la stanza, ammorbidite dai bisbigli, rincuorate dalla nostra presenza. Di nuovo insieme come nella camera degli indifferenziati, appiccicate per permettere al coraggio di filtrarci e allontanare gli spiriti maligni.

Non chiede come sto, mi legge dentro, scarta i pensieri per capirne il concetto, fruga tra i sentimenti, calma i nervi.

Le tengo la mano, voglio che rimanga con me per sempre.

Mia madre compare in scena ed è bellissima nonostante le preoccupazioni che le modificano il volto.

Ha con sé la borsa che le abbiamo regalato per andare in palestra carica di indumenti di primo soccorso. Li ha rimediati nei cassetti semivuoti della nostra cameretta oramai adibita agli ospiti da alcuni anni. Pigiami destinati ad eventi ospedalieri precedenti che odorano di canfora e ammorbidente.

<<Allora? Come stai?>> mi dice, con la voce di due tonalità sopra la media, poi sistema sul tavolino i biscotti con le gocce di cioccolato, i cracker e i Buondì all'albicocca.

Rientra nel circuito ordinario di tutte le mamme, nel percorso normalizzato della sazietà obbligata.

Non c'è nulla nei suoi occhi che possa trasparire se non l'amore consueto di una madre che accudisce il figlio, anche se ha quasi quarant'anni.

<<Allora sono qui>> rispondo serena.

<<Non ho parole>> aggiungo sghignazzando, dandomi una pacca sulla fronte.

Non allega nient'altro, sistema gli alimenti di prima necessità indicandomi gli spazi dove trovarli.

Nella fretta dei gesti racchiude inquietudine, i movimenti appaiono bruschi e scoordinati, ma fuori dal corpo c'è armonia e diligenza. Sono consapevole che i suoi pensieri frullano velocemente in un unica direzione, quella destinata ai quesiti irrisolti. In questo scompiglio di idee resettiamo le circostanze, scavalchiamo l'oggettività, lasciamo le frasi fatte nascoste in qualche angolo perché non si mescolino alla monotonia. Una madre comprende sempre, finge per non ferirti, anche quando sei colpevole e vittima della tua stessa negligenza.

Mi aiuta a vestirmi e anche se tutto il mondo ha già conosciuto le fattezze del mio seno utilizzo il lenzuolo per improvvisare una sorta di capanna o di spogliatoio di emergenza.

Sotto gli occhi di tutti esaspero la mia pudicizia, regalo episodi bizzarri di estrema riservatezza. Eppure tutto procede regolarmente, dietro una prassi scontata che non smuove né coscienze né ilarità.

Sono a mio agio con il pigiama azzurrino, risalta il colore degli occhi, consente di plasmarmi tra i pazienti reali.

E' il turno di mio padre.

<<Ciaaao babbo!>> grido per amplificare l'effetto serenità.

Si sfrega i baffi, lo fa sempre quando piange o reprime un'emozione forte. Usa l'indice, poi un fazzoletto di panno, di quelli che non se ne vedono più in commercio. Risucchia l'angoscia con il naso, vorrei abbracciarlo.

Devo trattenermi, ingurgitare nodi condensati per non singhiozzare e invalidare la noncuranza che fino ad ora ha rimpiazzato lo sgomento. Siamo fatti della stessa pasta io e lui, fatichiamo a dimostrare l'anima, a trovare un modo per rivelare la bontà che è presente in ogni nostra cellula, ma che rimane incastrata tra le righe di un carattere troppo riservato.

Ho imparato ad abbracciare il giorno in cui un nanetto di prima elementare mi ha chiesto di farlo guardandomi dal basso con gli occhi spontanei e il broncio.

Da quel giorno non ho più smesso, ho acquisito un'umanità diversa, un bagaglio inestimabile.

I bambini sono diventati i miei mentori, pirati che hanno scartavetrato dentro per cercare il tesoro. Tutti abbiamo una ricchezza da qualche parte.

Sradico unghie, sistemo i capelli, fingo di essere sterile, ma le lacrime di babbo mi destabilizzano. Non so cosa dire, non esistono vocaboli all'altezza della situazione. Me ne esco con una frase sfigata.

<<Ma tanto?>>.

Mi asciugo il moccolo sotto il naso. Lascio finire la disperazione negli angoli degli occhi.

Capitolo 3

Eravamo tutti la sera prima al ristorante, la famiglia al completo. Una riunione consanguinea, di quelle che ti riempiono il cuore e che vorresti non finissero mai. Li avevo raggiunti più tardi per via delle premiazioni e del buffet offerto dall'organizzazione del torneo.

Il sole terminava la sua corsa dopo una giornata di duro lavoro, si rifugiava dietro le colline del San Bartolo rinfrescando l'aria, agevolando le luci artificiali. Il vialetto pedonale di Sassonia proliferava di primi turisti assolati e coppie innamorate. Ero rimasta con il vestitino di cotone a maglie larghe per permettere alla pelle arrossata di guadagnarsi refrigerio. Non era necessario alcun giubbotto, finalmente l'estate aveva deciso di rimanere.

Il sorriso stampato, il ghigno improntato nelle iridi dopo una vittoria che valeva più di una moneta d'oro. Il tempo non aveva intaccato la fame di battaglia nonostante il digiuno prolungato dallo sport giocato. Avevo ritrovato l'adrenalina buona, sfoderato la competizione, beffato le giovani leve con l'esperienza e la tenacia. Non avrei mai pensato che l'epinefrina mia alleata divenisse una carnefice.

Probabilmente i tessuti hanno ceduto agli anni e i muscoli si sono arresi alla fiacca.

Fatto sta che neppure la frittura di pesce era riuscita a cacciare la nausea che attorcigliava lo stomaco, eppure non toccavo cibo da colazione.

Ho assaggiato un anello fritto di totano, due seppie, sorseggiato il vino bianco con la stessa noia di un astemio. Io che dovevo avvertire il senno per non soccombere alla leggerezza ogni volta che festeggiavo qualcosa.

Tutti i presenti notano un anomalo coinvolgimento, appaio assente e distratta, le parole escono rade e disgiunte. In realtà tentavo di comprendermi, di combinare questa eccezione sconosciuta ad una spiegazione ragionevole. Ho persino abbandonato l'idea di intraprendere discorsi importanti, per discolparmi dall'atteggiamento sbadato, e ho scelto di crogiolarmi dentro i pensieri dei miei nipotini, nel gusto delle loro papille mentre liquidavano i tagliolini allo scoglio.

Rido quando il più piccolo di 4 anni conversa con mio padre, ha lo stesso piglio di un manager che contratta un affare da mille milioni di dollari.

Rifletto sulla padronanza di linguaggio di Tommaso, 6 anni, e il suo modo di assemblare procedimenti altamente intelligenti. Li adoro, sono la soddisfazione più grande, i gioielli preziosi che arricchiscono il mio universo.

Avrei dovuto allarmarmi dal momento in cui ho rifiutato il dessert, invece ho continuato ad ingannarmi, a respingere segnali inconsueti.

Non era ancora malessere, ma fatica male interpretata, insofferenza, confusione di meccanismi organici e fisiologici.

Tutto sommato reggo bene la serata, sono ovattata dall'amore familiare, e anche se traspare qualcosa di anomalo nei miei modi di fare rimaniamo stabili dentro i circuiti ordinari.

Alcuna preoccupazione, ci salutiamo come sempre eludendo gli abbracci, per via degli impulsi emotivi introversi. Risolviamo con la lucentezza degli occhi che emanano gratitudine.

Solo i piccoli hanno diritto all'amore professato, li sbaciucchio prepotentemente combattendo contro la loro resistenza determinata dalla tempra maschile. Adoro infilare il naso tra i loro capelli, odorano di miele e spensieratezza.

L'aria è fresca sul motorino che mi riporta all'auto, il giubbotto di jeans non placa i brividi che corrono lungo la schiena. Isa ripara le folate dirette, mi stringo a lei per assorbire calore, mi lascio trasportare dalla sua competenza, fino alla macchina. Sono contenta di averla di nuovo accanto dopo una settimana di assenza. Era tornata da Londra nel primo pomeriggio, con le gambe stanche e il solito herpes da stress maturato in sette giorni di mondiale con la nazionale di Ultimate Frisbee.

Quando rimetto i piedi a terra lame affilate pungono contro la pianta dei piedi, le vesciche della sabbia bollente si fanno sentire. Fatico a completare la rullata, cammino sulla parte esterna, sembra un esercizio propriocettivo.

<<Ci sentiamo domani!>> poi zoppicando mi lancio sul sedile dell'auto e le spedisco una bacio a soffio.

Mi appropinquo alle scale, ogni passo segna la rivalsa dello sport, la punizione di chi vuole eccedere gratuitamente sorvolando le adeguate abitudini imposte dall'allenamento.

Erano le ferite di guerra a completare i livelli della mia esistenza, come i gradini di una piramide strutturavano la robustezza e la competenza. Il tempo in tutto questo non rientrava tra l'analisi di valutazione, la vecchiaia fisiologica non è mai stata ponderata. Mi sbagliavo, avrei dovuto intromettermi e vagliare le clausole.

Non ho voglia di sistemare l'asciugamano bagnato in lavatrice, né di lavare a mano il costume, lascio il malloppo dentro la borsa del mare omettendo la vocina insistente che mi invita a riordinare ogni cosa.

<<Domattina, lo farò domattina>> a voce alta.

La spossatezza ubriaca i pensieri diligenti, li scaraventa dentro un limbo confusionario, non ho idea di come interpretarli, so solamente che questa cosa sta macerando la mia coscienziosità esasperata.

Mi infilo sotto le lenzuola mantenendo una posizione che mi consenta di evitare i crampi ai polpacci, diritta, braccia lungo i fianchi, sguardo al lampadario, piedi extra-ruotati. Sembro un cadavere dentro la sua bara.

Il cervello non collabora con il corpo martoriato dall'affaticamento, rimane ingarbugliato dentro i circuiti dell'adrenalina. I nervi sebbene abbiano lavorato acutamente per tutta la giornata non cedono, li sento laboriosi dentro i muscoli delle gambe e delle braccia.

E poi la nenia fastidiosa che dispensa malessere nel petto e nel dorso, indecifrabile per ora.

Nulla di strano, dopo un'intensa attività sportiva faticavo a prendere sonno, in testa le azioni dettagliate dell'ultimo punto, i movimenti eseguiti durante i vari match, le cadute acrobatiche delle difese spettacolari, cat-shot sfoderati dopo anni di mutismo pallavolistico.

Era da tempo che non provavo sensazioni simili e non erano associate ad una vittoria, ma ad una quotidianità che a volte rincasava prepotentemente, nonostante le avessi ripetute in palestra con i miei atleti, dall'altra parte del parquet, da allenatrice.

Era proprio il ruolo a cui mi ero concessa che risparmiava quelle rifiniture accentuandone altre più sobrie. Due mondi differenti appaganti allo stesso modo, concentrati di adrenalina pura, ma il primo da atleta era di gran lunga più movimentato e folle del secondo. In tutto questo mi mancava l'eccesso, la sfrontatezza, lo squilibrio di quando ero tangibilmente sportiva.

Alle due del mattino sono ancora ferma in quella posizione, devo controllare gli spasmi nervosi, evitare di digrignare i denti altrimenti il crampo decolla costringendomi a piombare fuori dal letto, per fare stretching.

Decido di adagiarmi sul fianco sinistro, gli organi si

spingono prepotentemente, ritorno in posizione cadavere. Ancora la razionalità è lontana.

Mi alzo innervosita, infilo la testa dentro la dispensa dei dolci, trovo biscotti da latte e il consolatore universale, un barattolo di Nutella. Intingo i dolcetti nella pozione magica, spero vivamente che la pancia piena possa conciliare il sonno.

Ne mangio uno poi non ne ho più voglia.

I dieci minuti di tv serviranno per imbambolare i pensieri.

La noia dei programmi televisivi e la smania di riposarmi per poter affrontare una giornata lavorativa di dieci ore mi invitano a tornare a letto.

Conto i secondi che costituiscono il minuto fissando la radiosveglia, gioco a catturare l'istante in cui scatta il cambiamento da un minuto all'altro, una sorta di indovina la sequenza numerica.

Finalmente mi assopisco, passano cinque minuti o forse venti, un incubo mi sveglia di soprassalto.

Non saprei raccontarvi quale mostro abbia interrotto quel momento agognato, fatto sta che quando apro gli occhi sono sudata e nauseata.

Ho gli stessi sintomi di uno svenimento, la pressione arteriosa cala ribaltandomi lo stomaco, il respiro si fa intenso e faticoso. Vorrei vomitare.

Ringrazio l'angelo custode per aver convocato la ragione.

Sono le 4.30 e la mia stanza è ancora buia. Mi precipito in bagno, lavo la faccia e i denti, mi osservo davanti lo specchio che non trova alcuna defezione anomala se non uno strascico di biancore in volto. Mi siedo sul letto, classifico il malessere, tento di decifrare il fastidio al petto e alla scapola.

E se fosse, penso istintivamente, ma è un alito di vento che declina allusioni.

Non faccio caso ai mutandoni a righe bianche e rosa indossati velocemente prima di coricarmi, infilo i leggins neri e la t-shirt viola piegata accanto.

Probabilmente l'istinto di sopravvivenza accompagnata da una buona dose di consapevolezza affrettano i dispositivi di emergenza.

Alieni, fantasmi e angeli custodi mi trascinano fuori dal castello, il cielo rischiara e dà il benvenuto al nuovo giorno.

Chiudo la porta dietro le spalle ignorando i resti del disordine, il letto disfatto, i biscotti sul tavolo, il pigiama sulla lavatrice.

E' dolce l'aria profuma d'estate, d'erba tagliata, di vita non organizzata, di libertà studentesca. Sulle panchine i rimasugli dei baci adolescenziali, nella brezza il silenzio della città ancora tramortita dal sonno. Non vi è nulla se non il rumore del sole che scansa la notte per poter invadere l'universo.

Davanti ai miei occhi il gigantesco campo di girasoli dagli steli imponenti e le teste quasi alte, si apprestano a diventare re, impettiti governeranno il territorio per tutto il giorno.

Devo affrettarmi, fare una foto prima che il tempo li riduca un ammasso di pali stecchiti, prima che vengano detronizzati e svuotati dei loro semi. Sono i fiori più belli che io conosca.

I colori tenui dell'alba rispecchiano la tranquillità, la pace inesorabile si confonde con i respiri miti dei sognatori, fra poco il risveglio allontanerà il suono degli uccelli, la città riprenderà a strimpellare troppo forte.

Il motore dell'auto rompe la tregua, abbasso il volume della radio per mantenere la bellezza delle sfumature, scivolo lungo la strada deserta trascurando gli eventi misteriosi che scompigliano me.

E quando la nausea comprime la razionalità fischietto un motivetto a caso, per fraintendermi e travestirmi da bugia e inconsapevolezza.

Capitolo 4

Ho fame. Non ho diritto al pranzo completo, una minestrina ed un frutto sono sufficienti per mantenere la leggerezza imposta dallo scombussolamento fisiologico. L'orologio segna le 15.

Devo addomesticarmi, trovare posizioni idonee che mi consentano di non ingarbugliarmi tra i fili colorati del monitor. Escogitare un modo per convincere il personale a raggiungere il bagno con le mie gambe sotterrando l'idea di fare pipì nella padella. Piuttosto mi lascio esplodere.

Mi hanno sistemato davanti la guardiola, in mezzo ai volti che transitano, e sebbene nessuno faccia caso a me mi sento osservata e in imbarazzo per ogni movimento.

Ingurgito la brodaglia in una compostezza da ristorante, anche se vorrei trangugiare direttamente dal piatto senza usare il cucchiaio, per scansare la noia del procedimento poco affine a causa dell'immobilità dell'arto dominante. Lascio i rimasugli, quelli impossibili da raccogliere con le posate, allontano l'idea di risucchiare rumorosamente gli ultimi Risoni.

Il frutto rimane inesplorato, insieme al bicchiere e la bottiglia d'acqua. Accanto la garza con le compresse, le prime di una lunghissima serie.

Ora che la pancia è piena potrei distendere i nervi, ma la nenia fastidiosa non molla la presa neppure da sazia, continua a ficcare un dito nel petto, in mezzo allo sterno.

Vorrei lasciarmi guidare dalla stanchezza, chiudere gli occhi, svegliarmi nello sdraio numero 230 attorniata dagli amici dell'ombrellone e dalle chiacchiere femminili. Desidererei annusare creme solari ed essere stritolata dagli abbracci della piccola Viola, invece il disinfettante ruba la scena, inserisce protagonisti in divisa ospedaliera e non in bikini.

Rientro nella mia vita sociale, la recupero attraverso lo schermo del cellulare. Ci sono messaggi e chiamate perse. Manovro il dispositivo con difficoltà, tento di nascondermi con la stessa risoluzione dei miei alunni inibiti dal divieto scolastico.

Sono in terapia intensiva, la gente in questo luogo tocca con mano ogni giorno la sofferenza, non mi sembra opportuno infilare la testa nei meandri tecnologici, soprattutto perché davanti ai miei occhi sventola un cartello che invita a spegnere i telefoni. E se mandassi in tilt tutti i pacemaker del reparto?

Sfido la sorte, da sotto il lenzuolo pigio letterine dalla tastiera, l'ago cannula preme sulla carne ogni volta che piego il gomito. Scrivo il necessario per tranquillizzare gli animi, abbondo con cuori e faccette sorridenti. In realtà non ho idea di cosa sia successo in maniera dettagliata, non ho capito quale parte del cuore sia stata lesa, quale terapia occorrerà per ripristinare il normale meccanismo. Affermo che sono viva e basta.

Sono completamente all'oscuro di tutto e la reazione più malsana di questa storia è caratterizzata dall'inettitudine.

Non voglio sapere nulla, per questo non chiederò nulla.

Titubo quando il medico mi chiede se ho dolore al petto.

<<E' ancora lì, non se ne va>> rispondo, battendo colpetti sullo sterno come se volessi punirlo per la perseveranza.

Seguirà un prelievo per la rilevazione della troponina e un'altra compressa che ingurgiterò senza saperne il motivo.

Il paziente accanto sfodera una memoria arrugginita dalla demenza senile, continua ad interpellare il personale inventandosi nomi. Nell'arco di due ore assegna epiteti ad ogni turnista, pretende prestazioni d'opera come se fosse in hotel a cinque stelle. Tenta di corrompere il tirocinante, gli offre qualche euro per un gelato e una rivista. Si innervosisce quando gli viene negato il servizio e ricomincia ad insultare chiunque. Ancora non ha un volto, ma dalla voce si capisce che soffre. L'unico affetto di cui dispone è un caro amico che lo accudisce, intorno il vuoto di chi ha sperperato tutto persino l'umanità. Solo al mondo fa i conti con il suo destino.

La visita di mia sorella maggiore è gioia allo stato puro. E' la principessa della famiglia, la bambola di ceramica con le gote rosa e il cavallo bianco. Il visino perfetto delle foto di quando eravamo piccole, il patimento del confronto tra sorelle. Lei la bellezza scolpita nei lineamenti, io il rimasuglio di un assemblaggio difettoso. Non ho mai pensato di invidiarla, era la magnificenza della famiglia, la porzione di storia a lieto fine. La sposa bellissima che costruisce valori ed eredi e che si ritrova donna e madre in un soffio di vento. L'unica figlia in abito bianco ad essere accompagnata sull'altare da un padre che a testa alta e sfregandosi i baffi palesa la sua soddisfazione.

Negli ultimi anni il volto era diventato vigoroso per via dei preziosi guadagnati dall'unione. Tesori bramati, nati in primavera come splendidi boccioli che ora avevano compiuto 4 e 6 anni. I miei nipotini odorosi di miele e spensieratezza.

Anche lei si lascia rapire dalla consapevolezza genitoriale quando mi vede e come babbo lucida le guance di lacrime. Rifletto a come ci si possa sentire dall'altra parte, da questa non riesco a stimare la gravità nonostante i pensieri rivolti a coloro che sono rimasti vittime dello sport.

Nell'ultimo periodo avevamo salutato per sempre un ciclista di quarant'anni, un compaesano, se n'era andato per un infarto durante una gara.

Trovi escamotages per aggiustare la coscienza, fandonie necessarie per raggiungere un compromesso e sotterrare l'idea che possa succedere anche a te. Avevamo dato la colpa agli integratori consumati sproporsitatamente, ai ritmi esasperati a cui si è sottoposti durante questo tipo di sport, senza avvalorare le pericolosità delle manovre incompatibili con noi stessi. Ci serviva un capro espiatorio per assolverci.

Non ho mai pensato che lo sport potesse uccidere, neanche quando Morosini e Bovolenta caddero in guerra, sul proprio campo, a faccia avanti, senza un motivo e un bagliore che potesse rischiarare un qualsiasi malessere. Li avevamo pianti e sepolti sotto macerie di indecisioni, di responsabilità altrui, senza ammettere che a volte anche le cose apparentemente sane uccidono.

Al momento per i miei pensieri era solo sfortuna travestita da buona stella.

<<Ciao pupina!>> proietto le labbra sulla sua guancia, esaspero la contentezza di averla accanto.

Le scrocchiano i polsi mentre sistema i capelli sul lato destro della spalla, poi tossisce, un colpo secco necessario per allontanare l'angoscia dalla gola. Le faccio posto vicino a me, voglio trasmetterle coraggio e fiducia.

Frugo nei suoi pensieri, cerco di deviarli in un'altra direzione, di intraprendere una strada comune alla quotidianità che declini l'episodio di oggi.

Una sorta di conversazione vuota che assomiglia a quella dello studente impreparato che si arrampica sugli specchi pur di ottenere un voto decente. Concetti disgiunti, parole unite forzatamente per assemblare un discorso sensato.

Sappiamo entrambe che questa filastrocca è un modo per fuggire o per restare in piedi dopo una tempesta.

<<Dove li hai lasciati i bimbi?>> mantengo le nozioni di distacco dalla realtà, catapultandomi nella consuetudine.

<<Da nonna Paula>> risponde lei accentuando la U come fa Giacomino.

E i cuori si rilasciano deragliando in una storia fatta di noi, di intimità segreta e familiare, di nomignoli cuciti apposta sulla testa per essere riconoscibili ed esclusivi. Estrapoliamo da dentro le vocine confidenziali riservate unicamente alla famiglia.

Tommy e Giagio salvano le nostre imprecisioni introducendole verso l'uscita dal labirinto delle non risposte.

Alle 18.30 mangio di nuovo sebbene lo stomaco abbia digerito da poco. Il sole è ancora ad una altezza importante ed è orario di aperitivo. Ingurgito minestrina con voracità, carne e patate. Inglobo altre compresse senza domande, ottengo il permesso di abbandonare la trincea per pochi minuti, giusto il tempo di evacuare i liquidi dell'intera giornata. Accompagnata come un'anziana raggiungo il bagno scoprendo nuovi volti e tragitti. Gli sguardi degli altri arrivano diretti sugli occhi, li sento invadenti mentre formulano domande giustificabili.

Rientro in camera, sbircio tra le tende divisorie per dare un volto ai miei coinquilini, trovo parenti diligenti che alimentano i propri cari. Sembrano tate che accudiscono infanti, puliscono bocche, invitano a masticare e deglutire lentamente, accarezzano teste per premiare, imbevono parole di dolcezza e pazienza. Li ascolto e capisco che è la stessa indulgenza impiegata tra le pareti delle mie aule e palestre. Non c'è alcuna differenza di età tra gli esseri umani, soprattutto quando la malattia ti impone di essere piccolo dentro e fuori.

Mi riattaccano al monitor, osservo il procedimento che mi consentirà di evadere verso il gabinetto, devo solamente staccare i fili colorati da una specie di presa elettrica e andare in asistolia per un po'.

Colpisco il petto, voglio punirlo o aggiustarlo dalla cantilena, manate come quelle utilizzate per riparare il telecomando o i vecchi televisori con l'antenna a vista.

La troponina segna 11.000ng/l, c'è sofferenza tra i muscoli, il cuore è invaso da supplizi, risponde per vendetta.

Ho anche mal di testa, ma è un dolore secondario, di contorno, utile a insaporire lo stato di incuria a cui mi sono concessa il giorno precedente.

Non dico nulla, tento di risolvere abbandonandomi sul cuscino. L'odore delle lenzuola è acre e lo schienale è troppo rialzato.

Non troverò il profumo della biancheria di casa mia, né il buio rassicurante della mia stanza.

Alle 21.30 si spengono le luci, inclino la testa verso la finestra per intercettare la luna, immagino l'odore dell'estate, i rumori che rimangono scolpiti dentro le vie traboccanti di bambini.

L'aria condizionata non trapela nulla di reale, camuffa gli aromi routinari della stagione, allerta i recettori del freddo e li conduce in un pianeta onirico fatto di particelle artificiali.

Penso ai colleghi, alle attività sportive del lunedì, alle borracce gocciolanti riempite d'acqua fresca per non soccombere al caldo. Ai bastoncini di pesce dell'ora di pranzo, all'energia inesauribile dei bambini carburata dalle otto di mattina alle sei di sera.

Avevo terminato la mia corsa, abdicato senza volerlo. Nel fondo dei pensieri la speranza di rientrare al lavoro la settimana seguente, negli occhi degli altri l'urgenza di chi ha scampato qualcosa di brutto.

Avevo avuto un infarto, non un'influenza, ma ancora la fase di assimilazione era lontana anni luce.

Non esiste tregua dentro la stanza, sebbene la notte imponga silenzio e riposo lo strepito dei gesti echeggia tra i bip sonori e luci di emergenza. La posizione cadavere che devo mantenere per evitare che gli elettrodi si stacchino non concilia il sonno. Adoro stare sul fianco, tenere le mani vicino alla bocca come quando ero bambina e succhiavo il pollice, un vizio che avevo conservato fino a tarda età.

Di nuovo la paranoia del sonno che non vuole arrivare e portarsi con sé la stanchezza di una giornata infinita. Questa volta avevo tutto il tempo da dedicarmi, non dovevo correre in qualche posto per lavorare, alcuna fretta, solo pazienza e auscultazione di me stessa. A volte quando ci si intende i rumori sono troppo forti, i timpani vibrano, cercano di distorcere il concetto, di deviarlo in un ammaraggio di fortuna. Non è facile darsi retta è più semplice fingere di conoscersi.

E' che la notte i pensieri diventano ghigni frastornanti, echi malefici che non trovano sostegno, ti catapultano dentro storie strane, in castelli bui e freddi, passi il tempo a cercare spifferi di luce per scorgere un bagliore più grande.

Il cellulare comincia a inviare segnali di risveglio, vibra per ogni pensiero dedicato a me, la notizia si propaga.

Domani, risponderò domani.

Ho il cervello tempestato di impulsi di vario genere, tutti abbondantemente lontani dalla soglia di calma. Il lenzuolo non basta per scacciare il freddo del condizionatore, non dico nulla mantengo la tensione fino al risveglio del sole, fino alla confusione dei gesti del giorno appena giunto, all'odore di caffè, al cambio turno.

Altre ventiquattro ore di veglia che non pesano affatto sulla mia nuova tabella di marcia.

L'ago cannula favorisce il prelievo di sangue, lo sfigmomanometro misura la pressione arteriosa che rientra nei parametri di un'infartuata sotto controllo.

La garza contiene due compresse, una ha la forma di un piccolo cuore, l'altra è giallina, protegge lo stomaco.

Il cielo è terso, ma non sento alcun cinguettio.

<<Orzo!>> rispondo velocemente alla ragazza che mi porta la colazione.

Cerco di strabiliare questo momento usufruendo delle riserve di buon cibo lasciate da mia madre e tuffo un biscotto al cioccolato dentro la bevanda nera. Accettabile.

In questa giornata mi concentrerò e dirigerò i pensieri verso un contesto accomodante fatto di esperienze nuove, sfrutterò le circostanze per imparare qualcosa, tenterò di debellare la negatività.

Il mal di testa continua a rosicchiare la pazienza pungendo sulle tempie. So benissimo che è una conseguenza della stanchezza.

Il signore accanto ricomincia a bestemmiare la sua rabbia, chiama nomi inesistenti, suona il campanello, urla frasi sconnesse. Tenta di corrompere le infermiere, desidererebbe il quotidiano e una brioches, vorrebbe essere cambiato e custodito. Il suo amico non è ancora arrivato, le infermiere lo aiutano, sono indulgenti. La paziente in fondo alla stanza è soporifera, si sta spegnendo, sua figlia, un medico, non vuole mollarla propone soluzioni per trattenerla ancora un po'. Oggi le faranno un altro esame, l'ennesimo.

Dopo colazione afferro il mio LG e comincio a leggere i messaggi di coloro che mi hanno regalato un pensiero. Scruto le facce degli infermieri e dei medici per capire se l'uso del cellulare è concesso, mi accorgo che pazienti e non lo utilizzano senza esitare. Via libera.

Deglutisco lacrime quando scorro con gli occhi quelle righe premurose, lucciconi che trovano via di fuga dal naso. C'è chi descrive il proprio dispiacere e chi invece fatica a trovare parole e immerge l'incredulità dentro maree di cuori e faccette tristi. Il messaggio di Betta mi lascia forte e malinconica, il video di Viola e la sua meravigliosa famiglia strappa un sorriso e un dolore buono nell'anima. I miei amici, li sento con me partecipi di questo inciampo di percorsi, importanti come l'oro, presenti in una realtà a cui nessuno sa dare una spiegazione.

Mi coccolo dentro le loro frasi e attendo il giorno in cui potrò abbracciarli tutti.

Il pollice è tornato mobile, questo facilita la pigiatura

dei tasti e le risposte agli sms. Cerco di trovare termini conformi ai gesti amorevoli perché possano arrivare al cuore come carezze.

La prima scrittura è riservata alla mia famiglia, a mamma che a 64 anni ha imparato a digitare messaggi sul cellulare e a conoscere le fonti necessarie per riempirti lo schermo di animaletti buffi e simboli teneri. Ogni volta che mi appare il suo nome muoio dalla voglia di gettarle le braccia al collo.

Poi dedico un selfie al gruppo di whatsapp serbato ai segreti tra fratelli e sorelle.

Alzo la mano per andare in bagno, sono un'alunna diligente, mi assegnano l'accompagnatore.

<<Vado in asistolia!>> stacco la presa del monitor.

Mi vietano severamente di chiudermi a chiave, sbrigo le cose velocemente, ho il timore di spropositare i tempi d'attesa della tirocinante fuori dalla porta.

Mi gira la testa appena i movimenti diventano bruschi, ma decido di non rallentare il decorso dei miei intenti. Sparo in faccia acqua fresca dal lavandino per rinvigorire il senno e accertarmi che sia tutto vero. Sopra il mento e sul labbro inferiore i primi segni di stanchezza. Due herpes giganteschi e dolorosi garantiscono l'esagerazione fisiologica. Sorrido quando li sento e li vedo, erano i miei rivelatori di spossatezza mentale all'università e indicatori di debolezza fisica in palestra.

Tutto conforme alla normalità, sputavo fuori l'eccesso come sempre, solo che questa volta avevo rischiato troppo.

Di nuovo un elettrocardiogramma, poi la visita medica mattiniera.

E' il turno del dottore annegato nel profumo, la scia piacevole tonifica le vie aeree. C'è ironia nella sua espressione quando legge il referto di entrata al pronto soccorso.

<<Dieci set di beach volley sotto quel caldone?>> esclama aggiustandosi con l'indice gli occhiali rossi sul

naso.

<<Più o meno>> dico io schiarendo la voce rimasta per troppo tempo dentro le corde vocali.

Non aggiunge altro siede accanto all'ecografo e con la sonda fruga dentro di me per vagliare le circostanze vecchie di un giorno.

Ancora tette al vento e tensione muscolare per via della timidezza, il mio caso riunisce altri medici, suscita curiosità per la infrequenza. Un altro cardiologo brizzolato e dall'accento genovese scruta lo scenario.

Nello schermo compaiono un sacco di notizie, in quell'ombra pulsante si riconoscono maltrattamenti e negligenze. Mi sento come se avessi malmenato qualcuno e stessi aspettando la gogna.

Farfugliano e per quanto la mia incompetenza sia giustificata comprendo che anche "sto giro" l'avevo fatta grossa.

Acinesia dell'apice in TOTO del ventricolo sinistro e dei segmenti medi di setto interventricolare. Valvola aortica tricuspide ispessita, insufficienza valvolare aortica di grado moderato.

Ascolto il battito del mio muscolo cardiaco, sembra forte, e penso alla gioia di tutte le madri, ai sussulti indecifrabili racchiusi nella contentezza di una gravidanza. Alle palpitazioni irrequiete del feto che rimangono scolpite nei sorrisi di un'intera esistenza.

A 38 anni sarebbe stato più logico ascoltare il fremito di una nuova vita piuttosto che gli strascichi di un cuore maltrattato.

E' un pensiero che finisce presto, viene inghiottito automaticamente insieme agli altri nella scatola adibita ai problemi non affrontabili.

Mio fratello viene a trovarmi, sbuca improvvisamente dalla tenda, si tocca i capelli, lo fa sempre quando è sotto pressione. La sua timidezza è esasperante, se fosse per lui eliminerebbe tutti i luoghi pubblici del mondo.

<<Ciao mostro!>> esclamo contentissima.

<<Ciao Madi>>

Gli do baci sul "barbicchio", sulle guance che pungono, sfrego i miei zigomi sui suoi come se fossi un cane che necessita di carezze. Di solito sono costretta ad elevarmi sulle punte dei piedi per via dell'altezza, questa volta è lui che si china verso di me.

<<Ma cu combini!>> in dialetto fanese.

Continuo a strofinarmi, non dico nulla manifesto la gioia infinita di averlo con me. Ormai la scia di sgomento si è assottigliata e l'importanza di essere tra i vivi omette svariati atteggiamenti tra cui le lacrime.

Otto anni di differenza, il giorno in cui è nato la bidella è entrata in classe come un uragano per darci la notizia.

<<E' nato Filippo!!!>>. Finalmente un maschietto dopo tre femmine, facevo la seconda elementare.

Rimane con me fino a pranzo, ci raccontiamo senza uscire fuori dai margini, la vita normale, i passi quotidiani, gli episodi inappropriati non rientrano tra i discorsi sono contorni trascurabili così come il racconto dettagliato dell'infarto.

E' già storia vecchia. Un'abitudine familiare accantonare gli eventi che non vanno a genio.

Vorrei non se ne andasse mai più e raccontasse ancora i suoi aneddoti divertenti conditi di facce buffe. Desidererei tenermelo vicino al letto per scacciare la malinconia.

Il mio piccolo mostro.

Patri viene a trovarmi al cambio turno, è l'infermiera del reparto accanto e componente della cricca estiva sotto l'ombrellone. La stringo in un abbraccio sincero, è straordinariamente autentica riesce a minimizzare le storie tristi in agglomerati di eventi bizzarri predestinati.

<<Che cas fai!!>> grida non curandosi della gente intorno e poi scoppia in una risata genuina che ingloba tutto il pianeta. Verrà a farmi visita ogni singolo giorno, l'aspetterò

sbucare da dietro la tenda quotidianamente. Le voglio un bene dell'anima.

La troponina tocca i 16.000 ng/l, ma non mi sento né strana né malata. Continuano a pungermi, a somministrare farmaci, tengono sotto controllo la pressione del sangue ogni ora ed io mi lascio trattare dalla loro competenza senza proferire alcuna parola.

Il té delle quattro mi fa sentire in ferie, in una coccola meritata dopo mesi di lavoro estenuante.

Gli amici vanno e vengono riempiono le ore che appaiono infinitamente in ritardo, si trascinano stanche dentro un tempo che non osa affrettarsi.

Li accolgo serenamente nonostante l'imbarazzo dello stato in cui mi trovo. Mai nessuno mi aveva visto fragile e inabile fino ad ora. E non parliamo di corazze edificate grazie alle esperienze vitali, e neppure di fortificazioni mentali necessarie per tirare avanti in questo mondo insaziabile, ma di debolezza non opinabile, di sconfitta tissutale a cui non ero riuscita a sottrarmi.

Io che dovevo imbragare l'adrenalina buona per tenerla a bada fuori e dentro il campo, io che non mancavo neppure quando l'afonia mi rapiva e con i gesti coordinavo la lezione di educazione fisica.

Avevo avuto compagnia per l'intera giornata, la mia famiglia, gli amici e i messaggi premurosi. Ero estremamente contenta di questa versione delicata riservata a me, l'avrei cucita addosso per l'eternità.

Betta e Umbi appaiono in stanza verso sera, le luci artificiali richiamano un po' di tristezza, avrei voluto essere altrove, magari davanti ad un bicchiere di San Miguel giù all'Arzilla Beach. Quando incrociamo gli sguardi non possiamo fare a meno di piangere, gli occhi si fanno grandi per contenere tutta l'emozione. Nell'abbraccio soffocante rilascio la mia felicità, voglio trasmettergli l'affetto che a parole non sono ancora riuscita a mostrare. Sono mentori preziosi, amici genuini, di quelli che non se ne trovano facilmente e che darebbero l'anima per ogni tua indecisione pur di vederti lieta. Li adoro.

Nel pacco regalo trovo cereali al cioccolato, gli stessi che scrocchiano sotto i denti di Betta ogni sera davanti la tv, serviranno per tenermi compagnia, per deliziarmi il palato ogni volta che la noia e l'infelicità varcheranno questa porta. E' un dono che apprezzo tantissimo.

Capitolo 5

Patri mi sveglia ha con sé due cornetti alla Nutella, faremo colazione insieme stamattina prima che inizi il turno. E' solare come sempre.

E' una sorpresa talmente gradita che non posso fare altro che sorridere come se avessi una paresi costante di felicità, per tutto il tempo.

Poi quella gaiezza viene offuscata da un'emergenza, da una routine che non conosco, ma che condisce spesso le circostanze in questi ambienti. La paziente in fondo alla stanza se ne sta andando e oggi credo sia il suo giorno predestinato. I movimenti bruschi, i sonori degli apparecchi di monitoraggio, le voci concitate fanno intendere che a volte ci si arrende.

Rimango immobile perché anche un alito di vento può mascherare l'ultimo respiro, vorrei che la figlia al suo capezzale possa ascoltarlo e tenerlo dentro il cuore.

Io quel sospiro non l'ho inteso, ma ho udito l'infelicità in un gemito, un pianto mantenuto dentro le corde vocali dignitoso come il sentimento dell'amore.

Impresso nelle orecchie la voce pacata di una figlia che chiama sua madre, come se volesse riportarla indietro, in questo martirio di tribolazione.

La compostezza della morte fa venire i brividi e lascia un silenzio che devasta i timpani, scompone l'esistenza in frammenti piccolissimi perché tutti noi potessimo a fine corsa ricongiungerli e valutarne l'intera consistenza.

Piango e questa volta le lacrime certificano un'emozione che proviene dall'anima.

Attendo prima di avviarmi verso il bagno, aspetto che la tormenta posi la sua forza, che tutto scompaia dietro la normale profilassi, poi cammino veloce, tralascio la vuotezza e i rimasugli di sofferenza tra le lenzuola. Non voglio comprendere alcuna realtà.

L'assenza di rumore vagherà per tutta la mattina, si mescolerà al rispetto e al dolore.

Mi tolgono la fascia che comprime il polso, la ferita è a posto, i segni sulla pelle sono pieghe rosse che reclamano ossigeno. Non dirò nulla per mantenere il silenzio e il riguardo, osserverò il piccolo taglio sul polso, immaginerò il calibro della sonda mentre cerca di entrare nell'arteria.

Federico rompe la tregua e ridà calore all'ambiente, si presenta dopo pranzo in camicia azzurra e bermuda chiari, ha un sorriso che contagia chiunque, mi sento bene dentro le sue braccia.

Mi ingloba completamente e mi bacia sulla testa e io fatico a guardarlo negli occhi, poi cedo e mi perdo nelle sue sfumature. Non mi vergogno, anche se ho due herpes giganteschi e i capelli scompigliati rimarrei accucciata dentro la sua positività, aggrappata alla robustezza dei suoi pensieri che emanano coraggio ogni giorno, ogni volta.

E' un guerriero abituato a combattere, quando se ne va lascia al mio corpo il suo scudo perché possa difendermi dai momenti grigi.

Anche Andrea passa a trovarmi, arma il coraggio per poter guerreggiare contro i suoi demoni conosciuti tra le pareti di ospedali. Aveva giurato di non respirare mai più l'odore antisettico e neppure la sterilità della malattia dopo la morte di sua madre, ma sapevo benissimo che per me avrebbe ingoiato lo sgomento e invalidato il patto.

Siamo amici dall'università conosciuti per errore una

mattina polare di dodici anni fa allo stadio di Urbino. Non dovevamo essere lì, aspettammo impalati per quasi un'ora prima di capire che quello era il posto sbagliato. Faticammo a reprimere la ridarella quando raggiungemmo la facoltà e la lezione di atletica infreddoliti e con quasi un'ora e mezza di ritardo.

Il professore ci ammonì più volte, continuammo a ridere per tutto il tempo, anche in mensa.

Fu uno degli errori più belli e proficui che abbia mai commesso. Andrea è il consolatore dei giorni strani, lo stimolatore di nuovi propositi, ogni volta che trascorro del tempo con lui mi viene voglia di spaccare il mondo per poi ricostruirlo.

Mi regala un libro sulle emozioni e io gli racconto ad un fiato la mia storia, quella a cui non saprei dare un titolo, ma che comincia a diventare importante.

La confusione dei pensieri e delle parole diluisce, la limpidezza delle circostanze prende il sopravvento, inizio ad intravedere i primi abbozzi di concretezza.

Quando se ne va' penso a come riprendermi le mie cose, la mia vita, e non a travestirmi da bugia.

Decido in quel pomeriggio di diventare onesta con me stessa e di condividere l'episodio con il resto del mondo, dopotutto sono ancora viva e cosciente.

Pubblico un post su facebook tralasciando la parola chiave, ometto il termine infarto, ma descrivo il viaggio in ambulanza e l'emergenza a cui ero stata sottoposta. Ringrazio di cuore tutti gli amici che mi avevano donato un pensiero e che mi erano vicini.

E in poco tempo la bacheca si riempie di notifiche e like, scopro che la notizia arriva veloce e pesante come un pugno nello stomaco. I commenti danno sfogo all'incredulità, la stessa che ancora aleggia tra i miei pensieri, ma che si sta decomponendo rapidamente.

Anche il cellulare impazzisce, venti conversazioni in

chat. Mi sento buona e sostanziosa.

Ora che la mano dominante è attiva pigio tasti come una dattilografa alternando conversazioni reali con amici e parenti che mi fanno visita. Comincia a piacermi questa accortezza nei miei confronti, mi regala spunti di stima.

L'ago cannula mi dà noia per via del gomito piegato che tiene il cellulare e scrive messaggi. Ogni volta che muovo l'arto lame taglienti raschiano le vene, desidererei sfilare tutto quanto.

Poi arriva Isa, le seccature scompaiono immediatamente per lasciare posto alle coccole e le chiacchiere.

Le dico di godersi i pomeriggi al mare dopo il lavoro, l'aperitivo in spiaggia e le partite di beach volley come se fosse normale routine, invece passa a trovarmi appena stacca dall'ospedale e prima di cena. Non che mi dispiaccia anzi, la sua faccia è tra quelle più ricercate durante il giorno.

Porta i saluti di tutti e persino lo sgomento di coloro che hanno appreso la notizia attraverso bocche sconosciute, ma che fanno parte della comunità fanese.

Erano tutti un po' increduli, io atleta da una vita avevo sbaragliato le certezze mescolandomi con la bizzarria della sorte.

L'indomani rappresento il caso clinico e tangibile per i tirocinanti di cardiologia.

Ragazzotti impalati davanti allo schermo visionano il mio cuore e ascoltano il dottore dagli occhi onesti e il sorriso che dona spensieratezza. Emetto suoni rabbuiati che provengono dalla gola, sembro Chewbecca di Star Wars. Lo faccio sempre quando non posso sradicarmi le unghie o sistemare i capelli.

Muscoli rigidi come corde di violino, tento di abbondare di noncuranza, di sembrare meravigliosamente serena, ma le spalle continuano a spingersi in avanti a formare una cupola come se volessero racchiudere il petto. Realizzo dopo la sesta volta, quando il medico riporta diritta e con più forza la linea delle spalle.

L'istinto desidererebbe rivestirsi immediatamente, ma l'educazione spropositata e la pazienza degli scrutatori vincono la manche.

Sorrido per completare la scena, assimilo i responsi comprensibili, i dettagli li lascio alla loro competenza.

Dunque avevo avuto un infarto a 38 anni in seguito ad uno sforzo fisico strenuo, ma fortunatamente non rientravo tra i casi di atleti deceduti improvvisamente.

Capitolo 6

Sabato il giorno prima del torneo sono arrivata al mare intorno alle dieci.

Il caldo intorpidiva l'aria, la rendeva inefficace erano necessari respiri lunghissimi per poter ossigenare completamente i polmoni. L'afa dei primi caldi non aveva ancora assuefatto i corpi che rispondevano a fatica a quel tormento.

Avevo raggiunto la spiaggia in bicicletta e persino gareggiato con un ragazzotto sui vent'anni che mi fiatava sul collo. L'agonismo esasperato non mi aveva mai abbandonato era rimasto inciso nei tessuti, negli impulsi neuronali, nelle idee formulate ogni mattina come ogni sera. Non credo possa essere annoverato tra i sintomi di una malattia e neppure classificato come una sgarberia da correggere, da sempre lo sentivo nella pancia.

Dopo aver superato l'avversario e vinto la gara ero arrivata al mare immersa nel sudore e con una frequenza cardiaca piuttosto importante. Finalmente avevo rimesso in moto il signor cuore, l'avevo risvegliato dal torpore della pigrizia post-stagione. Qualche partita sporadica in questo anno per aiutare la squadra nei periodi sfortunati. Un'annata insolita e non programmata che mi aveva visto solcare campi dopo tanto tempo, insieme avevamo centrato i play-off e perso in semifinale.

Mi sono scolata mezzo litro d'acqua frizzante portata da casa e sistemata dentro la borsa frigo, asciugata la fronte, sdraiata sul lettino con la flessibilità articolare di un ottantenne. Qualche crampo mi aveva fatto intendere che ogni età ha il suo modo di reagire e che forse bisognerebbe accettare le variabilità del tempo e le sue freddure.

Più tardi io e Peppe passeggiamo fino allo Chalet del Mare per un caffè. L'acqua marina è stranamente limpida, lascia intravedere le ondine di sabbia e i granchietti. Decidiamo di immergerci fino alle caviglie, ad ogni passo la sabbia esplode sotto i piedi distruggendo la smaniosità del mare. Non so se sia stata la gara in bicicletta o la spossatezza dei primi caldi, ma avverto un macigno nello stomaco, di quelli formulati dall'inquietudine. Confesso al mio amico che non me la sento di partecipare al torneo di beach volley del giorno seguente, glielo ribadisco più volte, con lo sguardo incastrato tra le particelle di rena, lagnandomi come una bimba che si trascina a fatica dopo ore di cammino.

<<Non sono allenata Peppe, non mi va di fare brutte figure>> mantenendo gli occhi nello stesso punto.

Forse è solo ansia da prestazione o un presentimento involontario, suona come una scusa per difendermi, un vecchio trucco che perdona la non riuscita, il fallimento.

Peppe è il mio primo tifoso, non avrebbe mai infierito e assecondato l'angoscia.

<<Che problemi hai Maddy vedrai che arriverai fino in fondo, sei un'atleta!>>

Ammetto di essermi rasserenata.

Domenica mattina alle sette ho già gli occhi svegli e l'adrenalina ad un buon livello. Rimango dentro il letto per accrescere i minuti riposati, tra il profumo di biancheria e ammorbidente, e azioni pallavolistiche costruite dai pensieri. Poi una super difesa in tuffo incrementa il battito cardiaco costringendomi ad alzarmi.

Fa caldo, il sole ha già allungato i raggi per ricoprire l'intera città, il suo profumo entra in casa in un alito di venticello rovente.

Ingurgito controvoglia una crostatina alla Nutella, l'agonismo riempie lo stomaco, sostituisce la fame. Anche se
non è un pasto da atleta mi sento in regola con gli obblighi
fisiologici. Una tazza importante di caffè fumante addolcita
dall'immancabile zucchero di canna da sorseggiare davanti
il tg delle otto. Fatico a seguire le notizie penso alle cose
che dovrò mettere in borsa per affrontare anche la cena con
i miei, in serata.

Inevitabile il mal di pancia che spunta sistematicamente
in questi momenti, è l'adrenalina che cerca di entrare nel-
l'organismo come un virus pericolosissimo. La sento mentre fruga il varco ed è una sensazione meravigliosa che rinvigorisce i nervi, li prepara ad essere guerrieri.

Condisco l'insalata mista per pranzo, aggiungo mais, ca-
rote, tonno e olive, l'accompagnerò con cracker leggeri al-
l'orzo. Acqua frizzante, due litri, accartocciata nella borsa
frigo insieme al ghiaccio.

Infilo il costume nero quello destinato allo sport, saltello
sul posto per testare le bretelle. Gradisco il ballonzolare del
seno che negli ultimi anni ha subito un ottimo incremento.
Io lo chiamo adipe senile, grasso accumulato dall'età che
per mia fortuna ha interessato petto e un po' di pancia. Io
che le tette non le avevo mai avute era uno spasso sentirle
ondeggiare.
In realtà assumo da circa un anno una pillola ormonale che
tiene sotto controllo una cisti ovarica, probabilmente l'anomala crescita è agevolata dal farmaco.

Decido di prendere l'auto per velocizzare la corsa al ristorante in serata ed eliminare la fase stancante del rientro a
casa in bicicletta, dopo il torneo.

Alle nove sono già in spiaggia.

Il mare è lontano dagli ombrelloni per via della bassa
marea, i bambini fanno castelli di sabbia vicino agli scogli,
sembrano omini piccolissimi.

Gabbiani grandi come tacchini attendono il loro turno per accaparrarsi cibo e spazzatura. Sembro far parte di una gigantografia, di quelle immortalate da fotografi esperti e poi appese nelle pescherie fanesi. La luce riproduce la bellezza dei colori mattinieri, è un assemblaggio di sfumature leggere, di ombre oneste, di voci tenui, delicate come le mani di madri che spalmano creme solari sulla schiena dei propri figlioletti.

Sono in ansia, non ci sono amici di ombrellone che possano sciogliere l'angoscia attraverso una chiacchiera. Mi sdraio sul lettino, ascolto musica mentre la pancia lascia penetrare la parte buona della competizione.

La voce dall'altoparlante comunica qualcosa, ma non comprendo per via delle note sparate dagli auricolari del mp3.

Gruppi di persone sono radunate sotto il gazebo delle iscrizioni, decido di raggiungerle e pagare la mia quota. Socializzo come sempre con i volti conosciuti dentro campi di pallavolo, parlo troppo, rigurgito parole velocemente per liberarmi dalla trepidazione.

Ubriaco la gente con discorsi non importanti, poi mi ammutolisco grazie alla ragionevolezza e comincio a sradicare le unghie dei pollici.

Quando mi rendo conto di esagerare con la loquacità desidererei che mi infilassero un'arancia in bocca.

Sono 20 le coppie iscritte, significa che per terminarlo in giornata si giocherà una partita dietro l'altra. L'idea mi sconforta, il caldo rende il respiro affannoso, si suda a stare fermi. Essendo un torneo giallo cambieremo patner ogni volta, dovremmo adattarci continuamente alle peculiarità dell'altro, non è facile trovare un feeling di gioco.
Tutto sommato sono qui per divertirmi, anche se la coscienziosità allarma il senno e lo catapulta nel circuito competitivo del " giocare decentemente per proseguire alle fasi finali".

La prima partita mi capita un ragazzo non troppo esperto, spendo abbondanti energie per spezzare il fiato, mi sembra di trascinare massi di roccia ogni volta che eseguo uno spostamento, le gambe sono cumuli di ferro. Fatico a recuperare ossigeno anche se gli scambi sono corti e i molteplici errori di entrambe le squadre favoriscono le pause.

Vinciamo 25-23 con un fallo in palleggio su primo tocco. Rodaggio effettuato.

Ho a disposizione trenta minuti o forse venti, di nuovo vengo convocata in campo per un altro set. Questa volta è tutto facile guadagniamo un sacco di vantaggio sul mio turno in battuta. Il patner è molto bravo, alleggerisce le azioni di gioco, non corriamo troppo, la linearità della tecnica pallavolistica ci consente di economizzare i gesti. Vinco la seconda partita e anche la terza. Entro nel girone dell'inferno, nella fase seguente, quella bramata.

Nonostante il caldo torturante e il sudore dissipato bevo pochissimo, non ho stimoli volontari, il mio corpo non richiede nulla. Sorseggio malvolentieri acqua fresca per accontentare la coscienza senza trovare sollievo, il rigolo fatica a rotolare giù nello stomaco come se dovesse superare un ostacolo.

Non ho fame dovrei ingurgitare qualcosa, magari un frutto, ma come sempre in questi casi dopo uno sforzo fisico non riesco a mandare giù nulla. Ci si mette pure il conteggio dei set vinti ad accorciare il riposo, io e un'altra ragazza risultiamo avere gli stessi punti. Devo affrontare un giochino stupido per ottenere la prima posizione in tabellone, tempo prezioso rubato al ristoro.

Perdo, e mi guadagno una partita in più.

Comincio a sentire la stanchezza ho i crampi ai polpacci e desidererei sdraiarmi.

Ma vinco il match, riacquisto stranamente forza probabilmente grazie agli strascichi di adrenalina e la scia positiva delle vittorie.

In quello seguente siamo distrutti, il mio compagno

chiede più volte di fermare il gioco, spesso dopo una caduta rimane accartocciato sulla sabbia, temo per la sua salute, ma non vuole arrendersi e insieme accediamo alla semifinale.

Scopro durante il gioco che d'ora in poi le partite constano di due set su tre.

Reagisco male polemizzo sulla formula, borbotto poiché la prostrazione sta annebbiando ogni cosa. Ho la nausea e tengo a bada i crampi con lo stretching. Fortunatamente il mio nuovo compagno è uno dei più forti giocatori del torneo, insieme e non troppo faticosamente intaschiamo la finale dopo aver vinto 2 a 0.

I set giocati fino ad ora sono sette, se tutto va bene ne mancano tre.

C'è un meccanismo strano che scorre dentro gli ingranaggi del nostro corpo, un olio dalle proprietà benefiche che lubrifica i tessuti e le idee. Una linfa nutriente che amplifica il coraggio e la forza, allontanando la spossatezza e la rassegnazione. Non saprei dirvi se è in dotazione per tutti, so solamente che ho sentito la pozione magica fluire e rinvigorire ogni muscolo e impulso. Ho percepito la smania di solcare il quadrato di sabbia per spaccare tutto. Della debolezza nessuna traccia.

Ho ricaricato le pile osservando la gente che si faceva posto a bordo campo per godersi la finale. Ero arrivata in fondo ancora una volta, come ai vecchi tempi nonostante la fatica e il non allenamento. Quella sarebbe stata l'ultima, lo spettacolo conclusivo della mia versione sportiva, e io ancora non lo sapevo.

Io e Fabio porteremo a termine questa mattanza, vinceremo 2 a 0.

Il primo set corre veloce ci comportiamo divinamente sembriamo una coppia che gioca insieme da sempre, sbagliamo poco, tiriamo fuori dal cilindro difese acrobatiche e un'ottima manualità. Gestiamo perfettamente la partita e riusciamo a mettere in difficoltà la squadra avversaria che sulla carta risulta più forte. Urliamo, è la grinta che conserva vigore e sovrasta ogni cosa. Determinazione fortificata dal tifo degli amici, dalle voci conosciute che ti coccolano.

Poi improvvisamente a metà del secondo set la spossatezza sopraggiunge come un tifone che sconquassa i parametri di tutto il corpo. Quando cado a terra per difendere una palla fatico a rialzarmi, crollo sulla sabbia ogni volta che eseguo un colpo d'attacco, ma continuo, ritorno dentro il gioco spronata o obbligata dall'istinto di sopravvivenza. Non saprò mai quale frangente abbia agevolato l'iniziazione e determinato lo shock cardiogeno.

Confido a Fabio durante il time-out che sono molto stanca e che se dovessimo perdere questo set probabilmente non avrei avuto la forza di giocarne un altro.

E' la prima volta in tutta la mia esperienza sportiva che farfuglio la parola mollare.

Si, gettare la spugna, arrendermi perché il mio corpo non ce la fa più.

Invece siamo guerrieri o stupidi e portiamo a casa lo scalpo degli altri, vinciamo la guerra nonostante le intemperie. Lo facciamo abbracciandoci forte, anche se i granelli di sabbia mischiati al sudore sfregano sulla pelle e lasciano segni rossi. Dentro quell'abbraccio buono risolleverò i miei tessuti, camufferò per un po' di tempo la devastazione che sta completandosi nella carne e nelle viscere. Rimaniamo felici temporaneamente, esasperiamo la nostra robustezza per mostrarla al mondo intero, anche se fra poche ore tutto crollerà.

Foto di rito e premiazioni, sorrisi voluti e mantenuti saldi sul volto che elogiano il trionfo. Non è il primo premio che esaspera la contentezza, ma la certezza che si può ottenere quel che si vuole se si combatte.

Per tutto l'oro del mondo non avrei mai permesso agli altri di vincere senza lottare, anche se da li a breve avrei ceduto alla sconfitta.

Ho i brividi di freddo sotto la doccia nonostante i trenta gradi nell'aria, i formicolii alle mani ostentano la coordinazione fine e la prensilità. Aprire i tappi dei detergenti è un impresa, farmi lo shampoo diventa noioso, il risciacquo è breve, esco insaponata, rimango dentro l'asciugamano per placare il gelo. Mi fanno male i piedi le ustioni della sabbia bollente mi ricordano che è tutto nella norma, un classico dopo tante ore di gioco a temperature caraibiche.

Controllo i movimenti degli arti inferiori, evito di flettere le dita dei piedi per impedire ai crampi di invalidarmi fino all'anca. Mi brucia la pelle del naso per via del sole, quando corrugo la fronte le rughe si mescolano alla sensazione di dolore soprattutto nel punto in cui si attaccano i capelli. Bidoni di crema non basteranno per rimediare alla negligenza della protezione solare non utilizzata.

La leggerezza con cui affrontavo gli eventi non era cambiata affatto e per quanto fossi maniaca del controllo c'erano cose che non riuscivo a considerare prioritarie. Concetti fuori dalla mia portata, come bere e mangiare adeguatamente prima o dopo un'attività sportiva, o spalmarsi la crema solare in previsione di una giornata intera sotto un cocente sole. Eppure predicavo ai miei ragazzi di volersi bene in qualsiasi occasione .

Al buffet sorrido e brindo a distanza per inglobare più gente possibile, per condividere la mia gaiezza con tutti quanti. In realtà è un modo per conservarmi dai troppi spostamenti visto le menomazioni corporali post-attività.

Ingoio birra seduta al tavolo con Isa voglio che mi racconti la sua esperienza sportiva a Londra, anche se ogni giorno comunicavamo tramite una video chiamata.

Ascolto e basta persino le parole sono stanche, tentennano, si risparmiano, vorrebbero preservarsi per dopo. Non faccio caso a questa pigrizia, la confondo con la normale procedura di una mente indebolita dalla prostrazione.

Per quanto possa sembrare inconcepibile fatico a terminare la pinta di birra, ancora l'ostacolo nel tubo digerente intralcia liquidi e solidi. Assaggerò un cubetto di pizza per accontentare la coscienza che mi ragguaglia sul fatto che non tocco cibo da colazione.

Corriamo a cena dopo i ringraziamenti, durante il viaggio verso il ristorante penso alla riuscita, non al malessere che da qui a breve incupirà i pensieri.

Capitolo 7

Scopro una pazienza diversa lontana da quella abitudinaria dei capricci, dei nasini soffiati, delle bizze competitive. È l'accettazione di uno stato anomalo che non avevo mai conosciuto, è la rivalsa del mio "io" che mi ha insegnato ad ascoltarmi.

Imparo ad aspettare, a tenere il tempo a disposizione, a guadagnarmi i gesti affettuosi senza sentirmi troppo fragile e in debito. Sperimento la meditazione e il silenzio prolungato, osservo gli altri e immagino le loro vite e i circuiti di normalità a cui sono destinati. La tristezza è una componente estranea per ora, non fa parte di questo nuovo percorso. Sono attorniata da un sacco di amici che non sapevo di avere.

Non sono arrabbiata e neppure delusa da me stessa, desidero capire che ne sarà di me dopo, quando i fili non monitoreranno più e con le mie gambe dovrò affrontare la vita che ho lasciato a casa.

E se non fosse rimasto tutto com'era prima? E se non saprò comprendermi e sostenermi e dovrò cucirmi addosso il numero delle emergenze per anticipare i soccorsi e non morire di paura? Chi mi assicura che non succederà di nuovo e che quel dolore al petto tornerà a farmi visita, e io non saprò classificarlo perché può darsi che è un semplice fastidio avuto migliaia di volte in precedenza, ma che ora assume una valenza differente? I medici avranno la nausea ogni volta che mi vedranno, diventerò una frequentatrice abitudinaria, di quelle che ronzano come mosche per trovare una spiegazione...

Sono queste le domande che nel tempo dedicato a me frullano in testa, anche se sono ancora protetta dalla competenza degli altri, in ospedale, e non sento nulla dentro il corpo se non l'esigenza di provare a vivere.

Che cosa succederà quando uscirò da qui e il sole caldo mi attaccherà con i suoi raggi? Riuscirò a raggiungere l'auto senza avere il fiatone ad ogni passo? Ora fatico a completare una frase, ho bisogno di tirare dentro l'aria, un sacco di ossigeno per poter continuare.

In fondo non ho mai avuto bisogno di un sostegno navigavo libera nella fluidità del vento senza vela, senza remi, senza rotta.

Attendevo che le stelle provvedessero al mio destino e sebbene fossi una coltivatrice di controllo non ho mai voluto rimanere a terra, percorrere i binari comuni e inseguire i sogni degli altri. Non era menefreghismo né una sgarberia da correggere, ma la libertà guadagnata in piccole dosi.

Ero nata intorpidita dalla riservatezza e dall'angoscia relazionale che mi stringeva la gola fino a soffocarmi. La gente la chiama introversione, io invece inadeguatezza, un tarlo maligno che ha corroso parte dei propositi, ma che ha innestato un meccanismo di adattamento positivo, un procedimento naturale di sopravvivenza.

Grazie all'orgoglio avevo allontanato i dubbi e scelto un tragitto piacevole.

Da adulta ho compreso la porzione considerevole della mia esistenza, la fetta di me importante, normale, come gli altri.

Potevo essere bella, capace, delicata, divertente, nonostante le noie dell'anima e la sensazione di non arrivare mai da nessuna parte.

Era la corazza a cui mi ero affidata che mi aveva appannato le iridi, i sensi, la spensieratezza.

Quanto tempo speso a non essere niente, dentro un pensiero vaneggiante, insulso, inutile come il muro costruito intorno alle ossa.

Poi di colpo le strade divennero percorribili, levigate, non vi erano tracce di ostacoli e macerie. Ero riuscita a spazzare via la fatica e gli impedimenti, ottenuto la carta vincente, quella che mi aveva permesso di raggiungere il traguardo e di fare ciò che amavo, e di essere ciò che volevo.

Non avevo voglia di cambiare nulla della mia vecchia vita, desideravo poter tornare alla mia solitudine, quella goduta tra le mura di casa, bramata la sera dopo ore di vocine iperattive dentro palestre cariche di bambini e ragazzi. Beneficiare dell'individualismo e degli spazi guadagnati con tanta fatica, senza avere bisogno di aiuti ingombranti che mi soffocherebbero.

Sono fessure destinate a rimanere aperte, per ora, aree dedicate ai miei impegni, ai miei egoismi. Non sono vuoti a perdere, ma cumuli di desideri cercati e voluti nonostante le parole degli altri noiose e monotone che rimarcano la poca naturalezza della mia esistenza.

A 38 anni avrei dovuto essere moglie e madre, buttarmi a picco sui problemi destinati a pannolini, libri scolastici, camicie da stirare, bisticci familiari, lezioni di danza, basket o pianoforte. Avrei dovuto gratificarmi con le evoluzioni dei figli, i primi sorrisi, i voti scolastici, invece lo spazio onirico lo avevo desiderato, anche se nei sogni di bambina la famiglia e i figli rientravano nei propositi futuri.

Sentimenti contrastanti che mi vedevano spesso meditare sulla questione, a volte erano motivo di tristezza e incomprensione.

Lunedì avrei voluto edificare una famiglia, ma già il martedì il solo pensiero mi intorpidiva i sentimenti.

Due voci discrepanti e apatiche mi torturavano, come i pensieri sul tempo biologico che correva veloce allontanandomi dal desiderio di diventare madre.

Non facevo parte di quel gruppo di single avventurosi e neppure amavo uscire la sera per frequentare locali, una birra o un buon rosso come aperitivo con qualche amico bastavano per sdebitarmi dalla normale prassi di socializzazione.

Il percorso universitario l'avevo scelto con una testa matura, da adulta, così come la laurea specialistica in "Scienze e tecniche dell'attività motoria preventiva e adattata", che solo il nome mi faceva sentire coraggiosa.

Rincorrevo un contratto lavorativo al limite della decenza, arrivavo a fine mese a malapena, ma dignitosamente.

Non mi mancava nulla, forse qualche carezza ogni tanto, di quelle oneste tra le guance e i capelli.

Probabilmente era solo un viaggio predestinato, ognuno di noi ne ha uno.

Spesse volte nell'aria percepivo il sentore del fallimento, poi mi raccoglievo pensando che le mie giornate erano molto più ricche di certe famiglie, e che i miei eredi nascevano dai passi minuscoli di tutti i bambini che avevano condiviso il mio cammino, nelle orme acerbe di coloro che oggi sono adulti responsabili. Sono i frutti costruiti attraverso gli abbracci gratuiti, i nasini soffiati e le smorfie preziose spalmate nelle foto di fine anno. Me li sono guadagnati dentro le favole, nel gioco dei coccodrilli, in un parquet consumato dalla passione.

Li ho intascati come fossero diamanti, perché potessero illuminarmi ancora una volta, per tutta la vita. Sono anche un po' miei questi figli, questi alunni, questi atleti. Sono la spensieratezza dei giorni strani, l'arricchimento pregiato del mio bagaglio, il meccanismo portante dei pensieri. E se non potrò mai più rincorrere i bambini ed essere la rana o il serpente o il drago che sputa il ghiaccio e congela tutti, allora sarò una persona qualunque, di quelle noiose a cui non importa a nessuno.

Capitolo 8

Si vocifera che domenica molto probabilmente uscirò da qui, il pensiero di abbandonare quella condizione rende smanioso persino il respiro che a tratti cambia marcia velocizzandosi in uno sprint di contentezza. Allo stesso tempo vorrei governare i guizzi paurosi che devastano la coscienza trascinandola in uno spazio terribilmente sconosciuto.

L'ago cannula è insopportabile preme dentro la carne, scava ancora e ancora, come se volesse assemblarsi ai tessuti profondi. Tento di lamentarmi, di vomitare la nausea di quell'assillo, di sputare un po' di rabbia, ma non esce nulla anche se spremo forte, sono ancora un essere in aplasia.

Così l'avambraccio sinistro diventa un ammasso di fluido marmoreo carico di dolore nauseabondo. Ogni volta che lo muovo milioni di spine pungono dappertutto, è un riflesso che si dirama con una velocità disarmante in tutto il corpo. Sopporto, dopotutto sono in questo posto per un infarto e non per un braccio malandato.

Venerdì mattina lascio la terapia intensiva, mi trasferiscono in una stanza del reparto di cardiologia, sento la libertà avvicinarsi. Posso muovermi, camminare, dormire sul fianco preferito, inalare aria dalla finestra, osservare il flusso di gente che va e viene, immaginare le loro storie. Leggere dalle espressioni la perseveranza, la resilienza, la sofferenza vissuta sulla pelle, in prima persona. Posso godermi un po' di buio e gli spiragli di luna che timidamente entrano dalla finestra, e l'odore prezioso delle stelle così indispensabile.

Anche se la pazienza del corpo è ridotta ad un alito di vento e la stanchezza preme costantemente sulle ossa, riesco a rimanere lontana dal letto per un tempo prolungato. Gironzolo dalla camera alla sala tv trascinandomi dietro l'anima in pena e la concitazione legata alla conquista dell'autonomia. Mi ritrovo spesso a colloquiare con pazienti e parenti, e nonostante i capelli sporchi e gli herpes giganteschi, rilascio una spensieratezza insolita, formulata dai sorrisi spontanei e dall'estremo bisogno di inglobarmi alla gente e alle sue ferite. Legato al collo in una borsetta di panno un monitor tascabile che scruta l'attività cardiaca. Sulla pelle i segni conservati dagli elettrodi divenuti sudici e stanchi.

In volto i colori sbiaditi di un'abbronzatura lontana e la screpolatura sull'attaccatura dei capelli che segna una linea netta, sulla fronte. Eppure sono passati solo pochi giorni.

Non mi sento disgiunta dalla vecchia esistenza, né dalla persona che ero prima che accadesse tutto questo. Lo specchio riporta gli screzi temporanei di una nuova avventura, i parametri espressivi e le rughe sono rimaste salde, immutabili.

Non vi sono ferite esterne che possano deturpare la visione, la discordia è rimasta internamente, in fondo.

La mia compagna di stanza ha 84 anni, non li dimostra anche se ha subito svariati dissapori dall'esistenza. E' qui per un pacemaker. Parliamo ogni tanto, a volte preferisco il silenzio, quello bramato i giorni precedenti. Mi aiuta a fiorire i pensieri, ad esaminarli, ad ascoltarmi.

E' difficile persino riempire o sfruttare il tempo, la lettura non decolla ho la concentrazione in panne, spesso non ho neppure voglia di formulare un pensiero articolato, lascio che la spontaneità elabori concetti.

Vacanza forzata utile per frantumare i noccioli della stanchezza di un anno pesante, faticoso come gli eventi stressanti che avevo dovuto affrontare. Eppure la frenesia di ritornare in quella vita mi elettrizzava da morire.

Betta e Umbi mi regalano una bacchetta magica a forma di stella, potrò esprimere tutti i desideri che vorrò, disegnare in aria una chiave di violino come faceva l'incantevole Creamy, sognare un cambiamento positivo. Rimangono con me fino a sera, seduti sul mio letto, vicino al mio cuore, dentro la tasca di un'amicizia solida e considerevole. Vorrei non se ne andassero mai, invece le luci si spengono e con loro le traversie di un altro giorno.

Immagino la festa dalle voci gioiose grazie alla musica che la brezza porta dentro la stanza. Stasera Fano si tingerà di rosa per una notte lunga e speciale a cui non parteciperò.

La mattina di sabato giunge prima del solito, il sonno rimane abbagliato dagli spiragli di sole, finisce la sua corsa intorno alle 5.30. Un'altra giornata di prigionia obbligata e poi la libertà. In testa mille cose da fare, innumerevoli idee riservate al rientro in patria, dalla mia famiglia e i miei amici.

L'acqua ai fiori, il divano e la tv goduti la sera prima di addormentarmi, il silenzio, la spiaggia, le birre gustate davanti un tramonto con gli amici.

E poi la doccia, le chiacchiere, la bici, le passeggiate, i pranzi da mamma, i baci sulle guance ai miei nipotini che mi mancano da morire.

Un agglomerato di desideri pianificati dentro la testa, da realizzare prima possibile.

L'umore buono di questo nuovo giorno incoraggia i propositi, li catapulta velocemente in una sorta di sfrontatezza.

<<Ti prego toglimi l'ago cannula!!>> dico congiungendo le mani, all'infermiere di turno, lo faccio in una preghiera lagnosa.

Non ottengo quello che voglio, ma la benevolenza straordinaria di un umano che cura la ferita con una dolcezza che sovrasta la competenza.

Persino l'orzo appare più gradevole, lo ingurgito insieme ai cereali al cioccolato, poi infilo il naso dentro l'afa, nelle particelle d'aria calorose che si apprestano ad inaugurare il nuovo giorno. Per quanto la brezza sia sofferente e malsana inspiro la libertà nelle gocce di sudore degli alberi, dei fiori, della terra.

Attendo la visita dei medici, il lascia passare e le scartoffie intrise di dubbi a cui non darò peso perché sarò impegnata a dimenticare quella stanza e quella storia.

La porzione di libertà che bramavo viene improvvisamente deturpata dall'ecocardiografia transesofagea per via endoscopica, che solo il nome fa rabbrividire.

Il medico spiega la sua motivazione mentre si asciuga le goccioline di sudore sopra il naso.

E' un'indagine utilizzata per attestare eventuali difetti alle valvole cardiache, dato che abbiamo riscontrato anomalie in quella aortica e mitralica...

Il procedimento è invasivo, per questo dovrò rimanere in ospedale un giorno in più.

Non è la decisione di sostare ancora ventiquattro ore che mi stordisce, ma l'approccio mentale e fisico destinato all'esame.

Ho paura. Paura di inghiottire la sonda che esplorerà le viscere, paura di vomitare, di sentire dolore e di non riuscire a sopportarlo.

Non ascolto altro, i pensieri si diramano velocemente verso una tana, la stessa che i bambini utilizzano per ripararsi dal lupo durante il gioco dell'acchiapparella.

Ho paura, è la seconda volta dall'inizio di questa storia.

Intorno all'ora di pranzo mi preleveranno, mi porteranno nella sala delle torture.

L'adrenalina, quella storta, mi trascina in fondo, nel delirio dello sgomento, lo stesso collaudato prima di un esame universitario, prima di un verdetto, dopo un guaio.

E' un angoscia che percepisco nelle mani, nel respiro,

durante la deglutizione, nella voce.

Quando Antonella viene a farmi visita trova frammenti di inquietudine nelle guance, dentro le rughe espressive. Avrei voluto dirle che la sua presenza era meravigliosamente benvoluta, invece in quel saluto e in quell'abbraccio trasferisco la parte debole della mia corazza.

<<Anto, mi cago sotto!>> poi rilasso i muscoli per un selfie dove appariamo serene. Quella foto sarà la testimonianza della mia sopravvivenza, la traccia certificata postata sul gruppo whatsapp delle mie atlete, della squadra. Tornerò nei loro pensieri per un attimo, anche se forse non potrò più essere la coach rompiscatole.

Nell'ansia troviamo il modo di ridere e fare battute, per pochi istanti lo sbigottimento si placa.

Antonella, Ginetta, Ago e Cati sono i dirigenti, presidenti e allenatori più in gamba che abbia mai conosciuto. Se non fosse per la loro professionalità e spensieratezza avrei smesso di allenare molti anni fa, quando la presunzione di certe persone aveva stancato i propositi, allontanato la porzione considerevole dello sport per dare spazio ai caratteri viziati e alla maleducazione. Personaggi non idonei che hanno intralciato il mio cammino macchiando di superbia le condizioni oneste che sono racchiuse in qualsiasi disciplina sportiva.

A volte bastano poche mele marce per imputridire l'intero cesto, per farti disinnamorare di una realtà che hai amato con tutte le tue forze.

Gli ultimi 3 anni erano stati perfetti, nonostante la retrocessione. Eravamo riusciti a costruire un percorso con obiettivi comuni. Sono le mie ragazze, le mie atlete, la mia squadra.

Intorno alle 13.30 , dopo la visita di Anto mi vengono a prendere, raggiungiamo l'ambulatorio di cardiologia al piano di sotto. Stesso silenzio condensato in ascensore, questa volta non è la timidezza a incupire l'ambiente, ma il terrore pre tortura. Sguardo fisso ai piedi, sradico unghie.

L'escursione termica è palesemente percepibile, nella sala visite il condizionatore regala un ambiente polare, gradevole nei primi 5 minuti.

Mi guardo intorno per scorgere gli strumenti adibiti all'esame, scruto i procedimenti delle infermiere, non noto nulla di particolarmente minaccioso se non la fretta delle due donne associate al cambio turno.

Anch'io al loro posto fremerei per uscire da questo posto, oggi è pure sabato, un sabato estivo.

Il medico della diagnosi, dagli occhi buoni, mi invita a stendermi sul lettino, ho freddo.

Si siede accanto al mio corpo davanti all'ecografo, poi prende la sonda, la unge con un gel.

<<Ho paura!>> tocco il dorso della sua mano come se volessi fermarlo.

<<Ho paura, non voglio fare la transesofagea>> lo dico a modo mio, trascurando il linguaggio specifico utilizzato dai medici. E per quanto mantenessi il piglio di un condottiero, appaio come una bambina piccola, gli occhi hanno lo stesso colore della preoccupazione, emanano segnali d'angoscia genuina.

Non ho ancora capito che l'esame invasivo non verrà eseguito, lo intendo quando il medico ausculterà il mio cuore e sorridendo mi dirà che la tortura non sarà più necessaria. Sebbene il freddo rimarrà dentro le ossa per un bel pezzo, percepirò i muscoli rilasciarsi e le deglutizioni divenire semplici, facili.

Il silenzio provvederà a colmare i dubbi, neanche una parola uscirà dalla mia bocca, verrà mantenuta salda nel disordine della mia testa, nel rifiuto di questa strana storia.

Quel medico a voce alta srotolerà l'evidenza, la traccia consapevole della malattia, lo farà utilizzando vocaboli sconosciuti, ma io sarò fuori da quel posto, da quella stanza, insieme ai pensieri, sotto la corazza che trattiene la noncuranza. Anche quando la lettera dimissionaria apparirà gonfia di inchiostro e di oggetti mal funzionanti, di screzi corporei, di incurie meritate.

Non farò caso alla scaletta di medicinali che mi verrà assegnata, e neppure alle restrizioni permanenti scritte in grassetto. Rimarrà tutto dentro la busta bianca con su scritto il mio nome.

<<Grazie>> senza esagerare, poi torniamo insieme in reparto, di sopra.

In ascensore le spiegazioni gratuite che non ho voluto chiedere, le accortezze da seguire, gli episodi simili al mio caso quasi tutti associati a troppa rabbia o abbondante paura, comunque ad un rilascio importante di adrenalina. Anche la felicità rientrava tra le incriminazioni.

Annuisco, non immagazzino nulla, non ne ho voglia, domani sarò fuori da qui.

Ometto la fase che implica il futuro, la continuazione dell'esistenza, le limitazioni.

Non saprò mai il perché di quell'esame non eseguito, lascio che l'inaffrontabilità delle cose prosegua il suo losco cammino.

Miriam e Giancarlo riempiono di amicizia l'ultimo pomeriggio da reclusa, sono i miei fratelli, i produttori di felicità dei momenti bui, le pedine considerevoli della torre, i signori a cui dedicherei tutte le cose magnifiche della vita.

Ho pianto di gioia quando Asya è comparsa in quella pancia già grande.

<<Maddy sono incinta di cinque mesi!>> mi aveva detto Miriam incredula. Eravamo poco più che ragazzine.

Al battesimo l'avevo tenuta stretta tra le braccia mentre il prete le ungeva la fronte, onorata di essere la sua madrina.

Poi è arrivato Michele la porzione di dolcezza, l'ometto dai lineamenti pacati e la voce timida.

Oggi accarezzo la pancia di Miriam al sesto mese di

gravidanza perché Matteo possa sentirmi e immagazzinare l'affetto e il desiderio di conoscerlo.

Quando se ne vanno li abbraccio forte per ringraziarli di far parte della mia esistenza, in qualsiasi momento.

Alle 20.40 i pazienti del reparto, quelli svincolati da fili e monitor si preparano a prendere posto nella sala Tv per godersi la partita di calcio dell'Italia. Se perdiamo siamo fuori dal mondiale.

Isa rimane con me fino al primo tempo, le tengo l'indice e il pollice, manteniamo l'affetto di nascosto, per evitare gli sguardi degli altri. Se ne va dopo quarantacinque minuti dietro la scia noiosa di una gara senza colpi di scena. La seguo con gli occhi fino alla porta, attendo il messaggio del rientro a casa.

La fase dei rigori rinvigorisce gli animi, comporta aritmie e picchi di adrenalina importanti, alcuni lasciano la scena con il timore di pregiudicare la salute cardiaca, altri tentano di reprimere l'interesse camminando avanti e indietro solcando binari sul pavimento. Testo la consistenza del muscolo cardiaco, la tenuta agli sbalzi di ritmo derivati dalle numerose imprecisioni compiute da entrambe le squadre.

Perdiamo ai rigori, nessun paziente riporta conseguenze, torno a letto con il fiatone e una dose di delusione.

Capitolo 9

Infilo la tuta intera verde pistacchio con le bretelle sottili, sistemo i capelli, li raccolgo in una treccia laterale. Mi sento bene dentro quell'abito, sono accettabile davanti allo specchio.

Distendo il gomito, fletto l'avambraccio per confermare la guarigione delle vene, della carne, della pelle, dall'erosione dell'ago cannula.

Sono i fori che certificano un'invasione dentro di me, è il taglietto evidente della coronarografia sul polso destro che rimembra la negligenza, per il resto non è cambiato nulla. Persino gli herpes hanno desistito alla tempesta, ora sono timide macchie rosse destinate a scomparire.

Aspetto mia madre nella sala d'attesa del reparto di cardiologia con lo stesso piglio di chi in aeroporto attende di andarsene via lontano. La valigia al mio fianco, alcun biglietto da consultare, due sedie più in là, la busta bianca pregna di raccomandazioni e di fatiche future.

Me ne torno a casa con le mie gambe, gli stessi sogni e propositi di sempre.

Saluto chi mi ha salvato e curato, un debole accenno con la mano per rispettare quelli che sono rimasti prigionieri di una qualsiasi malattia.

<<Ci vediamo in giro>> anche a coloro che da lì non usciranno mai.

Mi lascio alle spalle il tonfo della porta che si chiude

dietro di me, assemblo in un respiro profondo le cose buone imparate dentro i discorsi dei medici, degli infermieri, tra le ferite radicate dei pazienti.

E poi il flusso d'aria che mi avvolge appena la porta automatica si apre confermando la libertà, la sopravvivenza. E' un vortice potente che riempie di spensieratezza le particelle instabili di tutto l'universo. Copro con le mani i cerotti, tento di nascondere i cerchi disegnati dagli elettrodi rimasti stampati sotto la clavicola, sulla spalla, sul corpo. Il tragitto fino al parcheggio è breve, evito di mostrare gli acciacchi, la fragilità, sebbene il fiatone sveli una discordanza.

Io che ho l'esistenza sotto controllo faticavo a saziarmi di respiri, l'aria sembra priva della sostanza essenziale per rinvigorire gli alveoli polmonari.

Quando l'auto comincia la sua corsa verso casa divento triste, come se avessi concluso la settimana al campeggio e dovessi lasciare per sempre gli amici di un viaggio che hai apprezzato, e sai benissimo che quella amicizia breve terminerà quel giorno.

Non mi chiedo come ci si sente ad essere tutti interi, e neppure se il tempo speso in quel posto asettico abbia fortificato i pensieri e le intenzioni: tornavo a casa. Non sapevo che da quel momento sarei stata un puntino nell'universo, una foglia dispersa tra mille chiome, un numero qualunque sfrattato dal luogo delle certezze. Dovevo navigare da sola, ma ancora non avevo né le vele, né il vento.

Sotto la doccia rimango per un lungo tempo, desidero che le gocce d'acqua pungano dolcemente la pelle, la cute e poi scivolino sulle dita delle mani, sulle unghie e si portino via la porzione stonata di questa storia.

Anche se non è casa mia e il sapone non cancella i segni neri e appiccicosi degli elettrodi, sento di essermi quasi liberata della tormenta.

A pranzo nel posto di sempre, quello vicino al frigo, gusto i ravioli preparati appositamente per me come se fosse la mia festa di compleanno o il premio meritato dopo un esame universitario importante.

Nel rifugio di quando ero piccola, attorniata dagli odori tradizionali e dall'amore spropositato dei miei ricomincio a vivere, a respirare l'effettività in piccole dosi.

La cardioaspirina come dessert, la spossatezza come clausola da rispettare e una tabella di marcia non consona alle abitudini che mi vuole lontana dal sole e dalla spiaggia nelle ore più calde. Io che riassumevo l'estate in aria marina, sole e acqua salata.

Davanti il portone di casa mia avverto una spossatezza inspiegabile, come se avessi resistito troppo a lungo alla lontananza e necessitassi di crollare sfinita nel rifugio di salvezza. Ogni giro di chiave è la rivalsa per tutti gli intralci che mi avevano offeso ferocemente. Vengo risucchiata dalla mia stessa intimità, dal flusso abitudinario della tana in cui vivo, dalle mura confortevoli che mi hanno protetto, custodito fino ad ora. Mi precipito verso la finestra per ripristinare l'ossigeno, per rinsavire gli oggetti, le cose rimaste prive di luce, vita e routine. Sul divano lascio cadere il mio corpo, la prostrazione, il senso di infinita indipendenza. Cucio nell'anima il coraggio, consegno il polverone funesto in una espirazione risolutrice, per disperdere nel nulla la tormenta.

E' un disordine che non conosco, è un ordine realizzato da mani non mie.

Le sedie non infilate sotto il tavolo, la tovaglietta verde della colazione e i biscotti, la t-shirt che funge da pigiama sulla lavatrice. Sopra il letto i rimasugli di quella notte, le incertezze sparpagliate tra le pieghe delle lenzuola, la velocità dei movimenti vicino le ante semiaperte dell'armadio. Tutto è rimasto come prima, ma nulla è come l'avevo lasciato.

Mi accuccio sul divano davanti le immagini della tv che

rimane muta. Mi addormento dinnanzi le bocche silenziose, nel sottofondo di voci estive, di rumori straordinariamente essenziali.

Il risveglio è la continuazione di un sogno quieto, di quelli che riposano l'anima e ristrutturano i pensieri.

Nuova come le idee favorevoli che sopraggiungono improvvisamente, rilassata, viva.

Assaporo il silenzio dell'autonomia, la segretezza del giaciglio, la sfrontatezza dei gesti che ritrovano libertà. Non sono più prigioniera di sguardi alieni, posso commettere azioni insolenti, girare come una pazza da una stanza all'altra con indosso solo la gioia di essere mia.

Fisso le foto dei nipoti sulla parete, mentre il sonno abbandona il corpo e l'odore di miele e spensieratezza invade l'ambiente, poi con calma rassetto le stanze, riporto il mio ordine, la fragranza della mia esistenza.

Percepisco l'appagamento delle piante nel momento in cui le abbevero, rimango ferma con le braccia conserte sul parapetto del terrazzo, osservo i girasoli nell'enorme campo, ancora bellissimi e impettiti. Non penso alle foto che farò a loro, ma alla sensazione incomprensibile di quella mattina e alla buona stella che mi ha permesso di ritrovarli nel massimo splendore.

Attendo con ansia che il sole allenti la sua forza per poter ricongiungermi agli amici del mare, infilo il bikini più nuovo, spruzzo di rimmel gli occhi, cerco di cancellare i segni neri e appiccicosi sul corpo, ma non se ne vogliono andare. Sembrano cicatrici arroganti che ricordano, annotano, sottolineano.

In macchina penso alle fandonie o verità che dovrò raccontare per mantenermi indenne e camuffare l'incuria.

Un misto di gioia sconfinata e angoscia preme sullo stomaco, sradico unghie, rallento il passo per indebolire il confronto che avverrà a breve.

Nessuno giudicherà il mio comportamento eppure mi

sento osservata da tutto il mondo.

Rallento ancora, e ancora, i passi diventano piccoli e stanchi, il caldo insopportabile, la nausea si mescola alla gioia spropositata di abbracciare i miei amici.

Non vedo l'ora di assaporare i loro sguardi e di curarli nello stesso modo in cui loro avevano fatto con me. Sul ponte sistemo i capelli con un movimento sistematico, giungo al Baretto, poi percorro la passerella dietro i saluti onesti dei compaesani che sorridono riempiendomi di soggezione e felicità. Molti hanno appreso la notizia, in un paese modesto le voci viaggiano rapidamente. Accenno saluti con la mano, sbircio in mezzo all'agglomerato di persone, nella superficie di sabbia destinata a noi, all'amicizia nata tra gli ombrelloni e San Miguel. Li sento gli amici mentre si preparano ad accogliermi, manovrano e bisbigliano, sistemano gli asciugamani in un tappeto rosso onoratissimo. E poi attendono che completi la passerella di legno per raggiungerli, per ricongiungermi alle loro vite. Nell'abbraccio di Viola, Olivia e Guido mi sento a casa, dentro la porzione di normalità che amo e che ho sempre desiderato.

Tutto fila in una compostezza ordinaria, sotto gli abbagli di luci indeboliti dalla sera che si appresta ad arrivare. Ritrovo la quotidianità come se i giorni fossero seguiti regolari, senza ingombri. Sapevo che la mia storia aveva destabilizzato e intimorito, nessuno avrebbe immaginato che la fatica potesse mortificare un cuore giovane e apparentemente sano.

Racconto quanto basta, il necessario per spegnere la curiosità, voglio godermi la birra a piccoli sorsi, per tornare in carreggiata e rientrare nella fetta pacifica della mia vita. Alcun tasto inopportuno e forzato che intende smascherarmi, brindiamo alla sopravvivenza, e anche se il contenuto del bicchiere è pigro, il liquido magico riassembla i semi di un'amicizia nata per caso. Raccolgo i frutti succosi del legame, la confidenzialità, l'affetto nelle parole oneste e rispettose. Nessuno intralcia i miei dubbi o indaga dentro i pensieri per comprendermi e smentirmi. Siamo trasparenti e amici.

Più tardi la famiglia mi raggiunge dentro passi che tento di catturare, di toccare, perché possano diventare le mie orme. Mi precipito dai nipotini, scalfisco la tempra maschile, li imprigiono in un abbraccio, li annuso, li bacio, vorrei tenermeli appiccicati all'anima per sempre. E' un momento delizioso, di quelli fiabeschi dove il lieto fine riconcilia gli orchi e le fate. E' un istante immortalato in un selfie dai margini tristi, i sorrisi sono smorfie frastornate che ricorderanno un guaio lungo un'esistenza.

Non affronteremo discorsi legati alla preoccupazione, attenderemo che la sabbia s'indebolisca, allenti il calore, che il cielo si tinga di rosa e poi assumi le sembianze di un tetto blu puntellato di stelle.

Nel mio letto la notte dormirò con l'abat-jour accesa, testerò il coraggio e il silenzio, ausculterò il mio cuore nuovo, tenterò di assimilarne il suo ritmo, di guadagnarmi bei sogni, di non morire di paura.

<<Tranquilla non accadrà di nuovo>> sussurro tra i pensieri.

Capitolo 10

Se non fossero i blister medicinali sistemati in una piramide meticolosa sul tavolo della cucina e i segni sfumati degli aghi cannula sulle braccia, oserei dire che non è cambiato nulla. Poi il respiro corto mi ricorda che le mie ferite non sono mai state visibili e che non è necessaria una corsetta per sentirmi a pezzi, una rampa di tre gradini può bastare. Io che sfidavo persino i piccioni delle piazze, io che dovevo imbragare l'adrenalina buona, per tenerla a bada fuori e dentro il campo.

Fatico a diventare sterile, a scoraggiare le emozioni. Il compito più arduo non è adattarsi al cambiamento, ma aggiustare i pensieri e portare sulla retta via i nuovi passi.

Il tempo capirà.

Il Cardicor mi da noia trattiene la stanchezza nelle gambe. Ogni mattina dopo le dieci il meccanismo si guasta rallentando la sua corsa, il corpo ha bisogno di aggiustarsi, devo riposarlo, dedicargli tempo, riconoscere gli screzi e i capricci. Il divano sostiene la causa, ospita il malessere, cura i sintomi, li accomoda riportando l'intero ingranaggio nella giusta direzione. Minuti preziosi dedicati al cambiamento, fondamentali per ripristinare gli automatismi validi a sostituire i pezzi mancanti della nuova esistenza, perché divengano abitudine.

Fatico a pensare di rientrare nel circuito lavorativo, non ho energie e neppure la solarità necessaria per affrontare i bambini e la loro vigoria. E' quasi nauseante trovare la forza in certi momenti, il rifiuto muscolare asseconda la spossatezza dei pensieri che arrancano cercando di rintracciare una soluzione efficiente, che mi riporti presto alla sopravvivenza monetaria.

Se non lavoro non guadagno, nessuno vaglia gli inciampi soprattutto quando gli anni giovani trasgrediscono la normale procedura e sei costretta a rivedere ogni cosa.

Il ruolo che avevo scelto, ambito e difeso mi stava tradendo come giuda, eppure avevo combattuto ferocemente per intascarmelo. Ero in balia di progetti sportivi e scolastici temporanei e obsoleti privi di assistenza, sguarniti di tutto persino della porzione considerevole dedicata all'obiettivo stesso. In questo paese l'attività motoria non vale niente, è ancora una fetta di tempo utilizzata per sistemare i figli da qualche parte durante la spesa o l'ora d'aria.

Alla scuola primaria le maestre di matematica, italiano o inglese sono responsabili dell'educazione fisica, non conoscono ruba bandiera o Dodgeball con le varianti, ma sanno incollarti le H al posto giusto o collocare Venezia nella cartina geografica in fondo all'aula. Siamo ancora schiavi di una convinzione antica che considera il maestro l'unico dispensatore di qualsiasi sapere, compreso la ginnastica.

Noi tutor sportivi a metà anno qualifichiamo l'ambiente riportando dignità e competenza.

Lo facciamo provvisoriamente attendendo i buoni fruttiferi l'anno successivo, anche se i fondi risultano stanziati prima che cominci il progetto.

A nessuno importa se mangiamo tutti i giorni, l'importante è camuffarsi dietro un ideale giusto. Noi insegnanti di ginnastica portiamo qualità, ma siamo i figli del niente, di un sistema politico fasullo e corrotto.

Senza un contratto reale, né una tutela contro gli inganni non avevo diritto a nulla, e visto che in questo momento non mi era consentito lavorare non avevo possibilità di introiti.

La malattia nella nostra occupazione non è ponderata, devi costruirti la zattera che ti allontanerà dal mare in tempesta, altrimenti affogherai insieme alla marea di idee buone che avresti voluto proporre.

Siamo insegnanti travestiti da bazzecole, allenatori, educatori inconsistenti disegnati dentro convenzioni imbarazzanti. Abbiamo la laurea specialistica ed esperienza da vendere eppure non siamo contemplati, non rientriamo in un contesto cautelativo.

Fatto sta che la mattina sono esausta, riprendo forza nel primo pomeriggio così approfitto per dirigermi verso la spiaggia.

L'ombra diventa la mia migliore alleata, l'afa e il sole mi tengono calma, trattengono l'adrenalina inducendomi a contemplare la convalescenza.

Mi godo il tramonto, il profumo d'estate, la libertà che il tempo mi offre, l'amicizia e le chiacchiere con gli amici. Non valuto il futuro che si appresta ad arrivare, sono stanca di strutturare e organizzare, abuso di questa strana storia per svincolarmi dalla noia di tutti i problemi.

Qualche passeggiata troncata prematuramente per via del fiatone, la Cardioaspirina dimenticata dopo pranzo, il Triatec assunto a mezzanotte insieme ad una birra media, le parole che necessitano di ossigeno prima di completarsi, sono inciampi a cui non do peso.

Poi il rientro in ospedale una domenica grigia, esattamente un mese dopo l'infarto.

Il dolore al petto e sotto la scapola compaiono al risveglio, è una nenia pacifica, ma insistente che incupisce i pensieri. Tento di vanificare la perseveranza rassettando casa, in seguito davanti al pc, poi a pranzo con la famiglia, di fronte ad un piatto di gustosissimi tortellini al sugo. Vorrei tacere, tenermi il malessere, ma le linee del volto non sono mai riuscite ad ingannare nessuno tanto meno la mia famiglia.

<<Non mi sento benissimo>> dico con voce sommessa, scatenando un allarmismo comprensibile.

Di nuovo la trafila obbligata in ospedale. L'elettrocardiogramma modificato dalle T negative che inquieta l'infermiera del pronto soccorso, il prelievo per l'esame della troponina, l'inserimento dell'ago cannula. La nausea di quel fastidio, la noia che sfiora la rabbia a causa dell'invadenza dentro di me.

Il ricovero precauzionale prima in Utic poi in reparto.

Il silenzio nelle parole, gli elettrodi appiccicosi, l'ecocardio che certifica vecchie ferite e un apice ventricolare parzialmente immobile. Tre notti insonni, mutismo da rigetto, apatia che rasenta la maleducazione verso i medici e le loro diagnosi.

Non avverto nessuno come se dovessi abituarmi ad una vita di questo, alla rimanente esistenza di falsi allarmi e preoccupazioni riguardanti la salute. Non ci sono anomalie dentro il cuore, solo lo strascico di un organo che ha sofferto. La troponina seppure fuori norma è rientrata nei parametri rassicuranti, è una scia causata dall'evento precedente.

Quattro giorni di prigionia insieme ad una donna coraggiosa e rassegnata che combatte contro o per un cuore sostituito vent'anni fa, ma che continua a darle problemi.

Mi chiedo come possa resistere agli inganni e mostrare pazienza nei confronti della vita.

Ritorno alla normalità in pochi giorni, all'abbronzatura del sole pacato, ai racconti invariabili destinati alle persone carine che incontro, che si interessano a me e alla mia storia. Comincio ad abituarmi agli orari dedicati alle compresse, m'impasticco lontano dagli amici, dalla gente, non ho ancora smaltito la vergogna che ha solcato crepe abissali difficilmente colmabili. Entro a far parte di un meccanismo obbligato, simile ad un rituale studiato a tavolino dall'istinto di sopravvivenza. Ne fanno parte le aritmie, il respiro corto, la stanchezza mattutina e il dubbio che accada di nuovo.

La confusione mentale è quotidiana, imparo ad ascoltarmi, provo a misurarmi con i sintomi e gli impicci costruiti dalla nuova me.

A tratti i pensieri consultano l'obiettività accentuando il timore di non farcela, di non riuscire a riappropriarmi della mia vecchia vita, compreso il lavoro.

Alterno giorni di estrema positività dove l'energia tocca picchi vertiginosi, a quelli in cui il corpo e la mente appaiono macigni faticosamente trascinabili.

E poi i soldi che non bastano mai e che vorresti non chiedere alla tua famiglia.

Persino l'odore dell'universo è diventato estraneo, non riesco ad assaporarlo, a tenermelo dentro i polmoni per via di quelle particelle aeree lontane dal naso, dagli occhi. Non è estate senza la mia carissima due ruote, fatico ad abituarmi agli spostamenti in auto, non inglobo il profumo degli alberi, non assimilo i frame della vita degli altri e neppure la brezza del vento sulla faccia che mi fa sentire libera. La mia bici, l'estate.

Rifiuto l'immobilità dell'apice cardiaco e il fiato corto, le parole che non finiscono, la certezza che non potrò più essere un'atleta. Fingo di poter fare tutto scremando involontariamente gli impedimenti fisici, li trasformo in problematiche temporanee, per sollevare i pensieri e convincermi di essere la persona di una volta.

Non piango mai, deglutisco il senso di ogni cosa con la speranza che il malloppo di tristezza approdi in fondo al buio e si decomponga tra le viscere della terra. A volte la sabbia e la palla mi cercano, vogliono riportarmi dentro il circuito adrenalinico dello sport, nella traccia evidente del mio guerriero scolpita nei tessuti, nel sangue. Tento di assorbire la consolazione da spettatrice osservando gli altri, immergendomi dentro le loro azioni con l'illusione che prima o poi tornerò nei miei passi, in qualsiasi campo come protagonista. E' un appagamento incompleto come saziarsi senza deglutire.

Ora il controllo su me stessa è un appiglio favorevole che mi aiuta a non lasciarmi prosciugare dagli eventi infelici. Dirigo le note stonate per fare in modo che la sinfonia torni ad essere sinuosa e gradevole.

Spesso sogno di posizionarmi in campo, di attendere un palleggio d'alzata mentre preparo le braccia per il caricamento e la rincorsa della schiacciata. Ma la palla non arriva mai, è un'azione che stenta a completarsi, termina in un risveglio.

Fino ad ora non mi ero mai sognata in divisa, sotto rete, neppure un minuto di sonno era stato dedicato alle imprese oniriche sportive. Che strano.

Che siano i rimasugli non voluti di consapevolezza?

Fatto sta che mi sento bene e male, che l'attenzione degli altri nei miei confronti è spropositatamente alterata.

Non mi dispiaceva, ma avevo la sensazione di avere squarciato la corazza, una crepa enorme da dove usciva la fragilità, la debolezza. Avevo speso tempo e pazienza per stanare la porzione delicata di me stessa e mostrarmi robusta, guadagnato fiducia stima e potenza grazie alle ingiurie e ai suggerimenti preziosi. Ora che navigavo in assetto equilibrato dovevo nuovamente fare i conti con l'incertezza, quella conosciuta prima di crearmi un involucro, la stessa sperimentata durante il consolidamento delle ossa.

L'orgoglio mi aveva tenuto a galla, ma anche seppellito mille volte, sotto cumuli di pregiudizi insani che faticavo a deglutire. Non sono presuntuosa, faccio la sofisticata quando cercano di fregarmi, di occultare la scaltrezza, di pestarmi l'anima. Allora divento un orco arrogante, di quelli che mangiano la stupidità e riducono a pezzettini i pensieri trascurabili e i cervelli sottili.

Capitolo 11

I primi d'agosto l'organizzazione per rientrare nel circuito lavorativo, le telefonate, le riunioni di programmazione e la normalità che si srotola come se tutto fosse proseguito lineare. Qualche abbraccio prolungato mischiato agli sguardi buoni dei colleghi, l'imbarazzo nell'approccio destinato alla cordialità, agli eventi imprevedibili che scuotono la normale prassi.

Mi prendo in giro, voglio inghiottire la vergogna, trasformarla in barzelletta, un racconto divertente privo della parte considerevole e triste. La stessa noncuranza mantenuta precedentemente che prova a discolparmi, a tenermi lontana dall'inquietudine.

Gli impegni lavorativi tali e quali, stessi compromessi e spostamenti in auto, la medesima percorrenza. Pianto i semi del tempo che verrà, con la speranza di un raccolto fruttuoso.

Tutti accettano i nuovi parametri, consegnano nelle mie mani gli incarichi e i compiti futuri, e io accolgo la sfida, la battaglia, senza battere ciglio, pur non sapendo le reazioni dell'attuale corpo. Non ho idea se arriverò a fine giornata con una stanchezza diversa, né se riuscirò ad essere credibile in abito sportivo, nel ruolo di coach o insegnante. Se dovrò imbragare l'adrenalina buona per tenerla paziente.

Giorno dopo giorno assimilo le proprietà curative dei farmaci, addestro il fisico a tollerare la stanchezza, immagino un sangue macchiato di terapie obbligate e il veleno che scorre indisturbato facendosi largo tra la linfa buona. A breve tutto il meccanismo fisiologico si impregnerà di sostanze tossiche, ma fondamentali per la sopravvivenza.

Le parole provano a terminare in una sola manche respiratoria, ma devo essere immobile per poterlo fare, anche camminare implica fatica.

Si aggiungono metri alle passeggiate, aumenta il numero dei gradini prima che il fiatone intervenga. Testo il livello di tenuta muscolare attraverso le buste della spesa, prendendo in braccio i nipotini, ma ogni volta lo sforzo sconquassa il ritmo cardiaco con battiti aggiunti che necessitano di respiri maggiorati. E' un campanello allarmante che invita a contenermi.

Evito di sdraiarmi sul fianco sinistro, le aritmie penetrano i timpani arrivando fino alla materia grigia. I battiti anomali innervosiscono, rapiscono la consuetudine, la quiete che dovrebbe accompagnare la fase di rilassamento.

Tutte le sere prima di addormentarmi lotto contro questa seccatura.

Il cuore appare un congegno confusionario che ha perso il controllo, non è in grado di seguire i binari, deraglia continuamente, scompare dentro buchi neri per poi rientrare nella carreggiata malridotta.

Imparo a dormire sdraiata sulla schiena con la faccia sparata al soffitto, in quel modo le peripezie cardiache perdono potenza, le percepisco minormente.

La notte del 24 agosto la terra trema. Un sussulto mi sveglia, sembra un'onda anomala che scuote il letto. Rimango immobile, in apnea per comprendere i rumori delle stanze, il tintinnio degli utensili in cucina, il tonfo della piccola statuetta di legno comperata in Costa D'avorio.

Il lampadario dondola fortemente da una parte all'altra. Sono pietrificata, custodita dentro un corpo che non vuole muoversi, mummificata tra le lenzuola. Neanche un accenno destinato alla fuga, alcun istinto di sopravvivenza, resto nel buio, attendo che la coscienza superi la barriera dello smarrimento prima di rotolare fuori dal letto e permettere ai muscoli di ripristinare la loro funzione. Più tardi accendo la luce per assicurarmi di essere reale e non in un sogno terrificante. Il cuore conferma la concretezza, comincia a macinare battiti, sento la vigoria nel petto, nella testa, nelle mani. E' un dispositivo impazzito che vuole rompere le ossa e uscire dalla cassa toracica. Vorrei riportarlo nella giusta direzione, ma non ho più il controllo, lo sgomento ha annullato i propositi e gli istinti.

Non saprei quantificare i minuti spesi a diventare carne e ossa, a riprendere colorito in volto, a ristabilire il battito, so solamente che ho temuto che il cuore non sopportasse tanta frenesia.

In questi momenti si dimentica il comportamento opportuno. L'ultima volta avevo diciotto anni, era il 1997 quando il banco vacillò sotto i gomiti, scappammo dalla scuola senza tenere presente regole e protocolli. L'impulsività ci condusse fuori dalla struttura e ci aiutò a sopportare il boato che rimase per mesi nelle orecchie.

Accendo la tv, illumino le stanze per scacciare il buio, per non morire di paura.

Le prime dirette su tgcom24, i volti spauriti dei giornalisti, delle persone che scappano senza sapere dove andare, ancora la consapevolezza è lontana.

Amatrice crolla su se stessa, ingloba le sue case e la sua gente, l'oscurità nasconde le ferite che di lì a breve diventeranno strazi, spine conficcate dentro l'anima di un intero paese.

<<Qui è venuto giù tutto!>> urla il sindaco di Amatrice in diretta, nel buio bugiardo, ma ancora non sa che da lì sotto in pochi rivedranno la luce del giorno.

Sono echi che rimarranno stampati nei tessuti di un'Italia malandata, dentro le bare dei 291 morti. Accumuli,

Amatrice, Arquata del Tronto si sbriciolano sotto la noncuranza, restano sepolti da macerie negligenti, da leggerezze burocratiche.

Il tempo si arresta alle 3.36 di una mattina estiva, rimane incastrato tra le lancette di un campanile di burro che crolla insieme alla speranza di ritrovarsi incolumi.

La luce del sole accerterà il disastro, la polvere dei detriti confermerà la disfatta, l'assenza di voci sotto le macerie aggiungerà dolore, una fitta insopportabile che durerà a lungo.

Ancora una volta il terremoto rivendica la superficialità dell'uomo, e lo fa di notte per distruggere ogni cosa, perché tutti potessimo essere tra le mura crollanti inesperti e disarmati.

Di nuovo il sisma si porta via tutto, trascina con sé esistenze e chimere.

Sepolti sotto mura di sabbia e vergogna.

Attendiamo i nomi dei nostri figli, mariti, madri e genitori negli squilli di un telefono, davanti le immagini della tv.

I soccorritori lavoreranno giorno e notte, a mani nude scaveranno per salvare la gente, per estrarre corpi silenziosi, bisognosi di pace.

E' una ferita devastante, di quelle che non si rimarginano facilmente e che lasciano cicatrici evidenti per sempre, nel cuore di tutti.

Gli occhi dei sopravvissuti diventeranno il simbolo della lotta, della forza, della perseveranza, ma anche l'incarnazione del tormento, della perdita, della mancanza.

Ci saranno momenti di gioia e tristezza, di fatica e di silenzio, di tempo che corre in modo regolare nel suolo di una terra che continua a vacillare e a lasciare solchi giganteschi tra i pensieri e pareti di un mondo instabile.

Continuerà a farlo, barcolleremo ancora, sotto le foglie autunnali, dentro il freddo pungente di un inverno anomalo che sceglierà la neve per coprire i resti di un guaio catastrofico. Quel freddo rimarrà nelle ossa anche a primavera, nonostante i colori vigorosi e il profumo di fiori. Resterà infilato come un mantello sulle spalle della gente perché possa ricordarci di non dimenticare.

Capitolo 12

I primi di settembre rientro in palestra.

Inspiro tutta l'aria possibile, gonfio i polmoni perché i tessuti possano incastrare particelle di vita e il sangue arricchirsi nuovamente di ossigeno speciale. Afferro un Molten e lo faccio girare sull'indice sinistro, non ho perso quella abilità, la palla ruota velocemente confondendo i colori. Ho bisogno di comprimerla, toccarla, palleggiare sopra la testa, anche se i pollici e i polsi sono anchilosati e stanchi, e la sfera esce dalle mani sporca e scorretta. Un bagher, solo uno, il contatto della palla sugli avambracci mi disgusta amplifica la nausea degli aghi, anche se tutto è tornato pacifico. Sono solo rievocazioni della mente, dolori dell'anima niente di più.

Abbraccio le ragazze, nella stretta rimane la parte buona, quella distaccata dell'autorevolezza scivola fuori dagli schemi.

Le guardo mentre in un cerchio ritornano atlete e penso che sono di nuovo nel posto di sempre, anche quando le parole in movimento vengono inghiottite dal fiatone e non finiscono. Diventano frasi faticose, ma sorrido per difendermi e mantenermi incolume.

Loro rispettano il mio modo di barcollare, ubbidiscono al mio tempo, riproducono le idee che ho in testa, ripetono gli esercizi facendo attenzione a non ferirmi. Fingono di capire le sequenze e la modalità, specie quando la dimostrazione è superficiale per via della fame d'aria ad ogni passo. Anche quando dopo uno squat devo sistemare il fiato e l'equilibrio.

La vergogna intralcia i movimenti li rende acerbi e traballanti, devo riconquistarli, riappropriarmene come farebbe un bambino con la sua bici senza rotelle.

Mi giustifico burlandomi, è l'unica soluzione che mi viene in mente, l'alternativa alla fase di oppressione, di sgomento.

<<Madonna che fatica!>> poi comprimo la delusione in un angolo dei pensieri, nello spigolo della guancia sinistra martoriata dai morsi destinati alla perplessità.

Tra una spiegazione e l'altra sradico le unghie dei pollici pianificando l'incertezza, lo faccio nonostante gli sguardi teneri delle atlete e la pazienza dei loro gesti opachi e insicuri come le mie dimostrazioni. Lascio scivolare la robustezza.

La prima visita di controllo è un tripudio di notizie sane, il ventricolo sinistro ha ripreso colore e funzionalità. Tutto sembra tornare al suo posto.

Mentre scruto la normalità dentro lo schermo rilasso i pugni, mi lascio inghiottire dalla felicità.

Osservo i tratti del volto del medico come la prima volta nella sala emergenze, quando il foglio incriminato dell'elettrocardiogramma riservava valori precisamente contrari. Ero sprovveduta e incredula.

<<Allora posso ricominciare a fare tutto?>> mostro 32 denti, esagero.

Sistemo i capelli dietro le orecchie, deglutisco la sfrontatezza, spero che rimanga dentro lo stomaco e non superi la barriera del suono con le solite stupidaggini.

<<Assolutamente no!>> dice il medico <<Eviti sforzi importanti, si accontenti di passeggiare, no agonismo, no sala pesi, no beach volley, no competizioni.>>

Credo abbia notato il cambiamento dei lineamenti e le

labbra sorridenti macchiate di bugia.

Non farò alcuna domanda terrò i dubbi dentro gli occhi, tra le unghie dei pollici.

Un mese più tardi la prova sotto sforzo eseguita sul cicloergometro fallisce dopo appena cinque minuti. Le aritmie obbligano il medico dello sport ad interrompere l'esame. Non sono immaginazioni quelle che farfugliano dentro la mia testa, il muscolo cardiaco fa i capricci.

<<Mi sta bene!!>> bisbiglio tra i denti. Cretina, deficiente, idiota che non sono altro.

Sotterro l'idea di ricominciare a fare qualcosa, mi rifugio dentro la svogliatezza.

Il "non posso farlo" diventa la frase usata frequentemente, la clausola che mi esonera da qualunque forma di attività motoria, compreso la semplice camminata. Un nascondiglio buio e prudente dove sistemerò me stessa e i dubbi, con la speranza che il tempo li maturi in solide certezze. Mi farò venire la nausea, il disgusto per qualsiasi tipologia di competizione e agonismo. E' un rifiuto categorico e vigliacco.

Per un lungo periodo rimarrò vuota, sterile come un automa. E' il mio modo di affrontare questa storia.

Se non fosse per il lavoro bandirei persino gli indumenti sportivi, le scarpe da ginnastica e le felpe. Chiuderei questa parentesi pur di non ammettere che è necessario combattere ancora una volta prima di fallire, ma sono troppo arrabbiata per farlo.

Odio sistemare il fiato, le lunghe file dal medico, i blister e i gradini, sempre troppi per i miei gusti.

Gli atleti diventano le mie dimostrazioni, gli esercizi isometrici che non posso eseguire, le trepidazioni indirette che non riesco ad inglobare nella pelle.

Il bottino che avevo guadagnato con tanta fatica tra i campi e palestre diventa un obiettivo annoiato, un percorso lavorativo obbligato, per sopravvivere.

Ci sono voluti mesi, giorni, ore e minuti per carpire l'essenza di quegli occhi. E' nelle iridi sprovvedute dei ragazzi che ho rinsavito le mie origini, ho intravisto una luce che conoscevo, lo stesso bagliore che fino a quel momento mi aveva nutrito. Mi sono rivista in quei volti sudati mentre massaggiavo la pancia prima di una gara, o nella concentrazione durante l'esecuzione di un esercizio perché potesse funzionare. Ho estrapolato dai loro tessuti l'adrenalina, la gioia e la fatica. Ho ricominciato a crederci nuovamente, e nuovamente ho pensato che questa è l'unica vita che conosco e che voglio.

A ottobre ci imbarchiamo sul volo diretto ad Ibiza, è la prima volta che non temo di sfracellarmi a terra e morire. Neppure sul traghetto diretto a Formentera o durante le scarpinate destinate alla ricerca di calette straordinarie. Non accuso stranezze o preoccupazione ho già superato una verifica vitale importante, non poteva accadermi più nulla.

Sette giorni trascorsi leggeri dentro una consapevolezza che non trasuda nulla di potenzialmente pericoloso. Qualche aritmia mescolata alla solita nausea che tento di inserire nelle emozioni strabilianti scaturite dalle vertigini degli strapiombi o dai tramonti mozzafiato.

Ses Illettes rimane la spiaggia più bella, il faro della Mola incute timore e solitudine, nello stesso tempo è l'espressione di straordinaria libertà.

Una vacanza perfetta che rimarrà impressa come i segni del sole sul seno e la rivalsa della sfacciataggine nei confronti della pudicizia esasperata. Betta e Umbi gli amici di viaggio e di sempre.

L'Holter rivela poche anomalie, le procedure naturali di recupero stanno funzionando o almeno spero. Rispondo bene alle fatiche di tutti i giorni, il lavoro procede nella giusta direzione.

Nel nuovo anno io Martina e Michela edifichiamo il futuro creando un'associazione dedicata all'attività motoria.

Una fetta di completezza che darà frutti inaspettati. Le mie colleghe diventeranno la porzione considerevole di una nuova amicizia, le amiche a cui confiderò i miei guai, le gioie, i segreti.

La stagione pallavolistica regala un cammino ricco di risultati favorevoli, anche se lottando perdiamo la finalissima per salire di categoria. In quelle grida di soddisfazione è nascosto un dolore fortissimo, lo stesso di chi ha terminato una missione. Consegno il distintivo, le armi e anche un pezzo di cuore, lo lascio alla mia seconda famiglia, a tutte le atlete che hanno intaccato e arricchito il mio bagaglio e il mio spirito. Smetto di allenare, di solcare campi di pallavolo per dedicare tempo a me stessa. E' una decisione sofferta, maturata lentamente durante i numerosi viaggi in macchina, nella stanchezza fisica che logora persino i pensieri coraggiosi. Piango davanti agli occhi dei dirigenti vorrei rimanere con loro per sempre, in quell'angolo di tenerezza e approvazione.

A giugno l'ultima lezione di educazione fisica con gli alunni che termineranno il corso, li lascerò andare nel pianeta difficile degli adulti, lo farò tenendomi stretta i loro spunti di vita.

Poi di nuovo il mare, la sabbia e il fiatone.

Non guardo gli amici che giocano a beach volley e neppure i tornei estivi, rifiuto di assemblarmi a quella dimensione, ancora mi sento stupida e impacciata. Probabilmente vorrei esserne una fetta, lì con loro e testarmi come tutti gli anni.

A settembre 2017 il viaggio a New York con la mia gemella. Un'improvvisata meravigliosa costruita 5 giorni prima della partenza. E' la vacanza perfetta bramata da qualche tempo, la traversata oceanica che avremmo voluto fare l'anno scorso in qualunque città o paese o stato purché lontano dalla consuetudine.

Sarà la rivalsa di tutte le ferite, la porzione di rilassatezza desiderata ogni giorno, la ristrutturazione dei tessuti e dei pensieri. La prova che posso rimanere a lungo tra le nuvole senza accusare problematiche cardiache.

Torneremo a casa arricchite di cose buone, con lo stomaco addomesticato dalle risate, la testa leggera e colma di aspirazioni future. Non faremo caso agli sguardi di coloro che frugano dentro il nostro affetto, neanche quando durante il viaggio in aereo ci stringiamo le mani per sentirci parte di una complicità che ci assolve da qualunque impedimento. E' la nostra vacanza dopo la tormenta. E' la consapevolezza di essere ancora insieme io e lei dentro un cumulo di affetti straordinariamente necessari.

Vagheremo per le strade newyorchesi incollate, strette, invulnerabili e felici.

Al rientro faticheremo a separarci per continuare la vita normale.

Lei è la mia stampella, il mio mentore, il mio cuore. Non conosco amore diverso.

Capitolo 13

Un anno e un po' da quel giorno strano. Non ho voluto guardarmi per un lungo periodo, ho lasciato che il tempo diluisse la negligenza e la vergogna. Mi sono odiata e amata e ascoltata, travestita da bugia, liberata della tormenta quando ho capito che le cose succedono e basta, e che l'invulnerabilità fittizia è l'unica clausola che ti assolve. Eppure nell'abbraccio di Fabio mi sentivo bene, il corpo sprigionava la gioia infinita di essere sopra le stelle, dentro una vittoria.

Io che sono diventata grande per certe cose, ma che ancora non ho imparato a perdere perché è un capriccio agevolare la sconfitta senza combattere.

Da quel giorno non è cambiato nulla, ma niente è rimasto al suo posto, persino il campo di girasoli davanti la mia finestra è scomparso, ora è una distesa di grano.

I sogni non sono stati intaccati ho costruito la mia sopravvivenza, continuato a viaggiare sulla stessa onda nonostante le restrizioni e il fiato corto. Mi sono sentita stanca mille volte in questo anno e altre mille ho implorato il cuore perché ritrovasse il senno e tornasse quieto.

Dimenticato e ingurgitato pillole scomode e imbarazzanti, lontano dagli altri per via della vecchia incuria che preme ancora sui pensieri.

Oggi sono quella di ieri, con qualche chilo in più e sfrontatezza in meno.

Mentirei se vi dicessi di essere tornata come prima, la paura che possa accadere di nuovo è presente in ogni movimento, in ogni respiro frettoloso. La sabbia, la palla e l'adrenalina buona mi mancano da morire, persino le corsette riparatrici primaverili.

Vorrei scrivervi che il tempo è un guaritore di ferite, e paure, e tristezze, convincermi che aggiusterà le cose perché lo dicono tutti, passa e riporta la quiete, ogni volta, in qualsiasi mondo. Ma lì dentro tra le viscere e i muscoli qualcosa deve essersi contorto. A volte mi sento un albero ingrigito, un vaso barcollante, una piramide di farmaci sistemati accuratamente sulla penisola della cucina. Odio farmeli prescrivere.

Avrei voluto che qualcuno mi indicasse il percorso corretto e mi reinserisse nella nuova esistenza, invece trascino un mantello pesante, un fardello di incurie, di dubbi irrisolti a cui non so dare un nome, un volto, una spiegazione.

Se vi dicessi che avrei desiderato una pacca sulla spalla o un'accortezza diversa da coloro che mi hanno avuto in cura mostrerei il lato fragile, quello che ho tentato di scacciare continuamente per evitare di assumere le sembianze della rassegnazione. Ma è così. Tutti abbiamo bisogno di essere importanti e anche un po' speciali, soprattutto quando una nuvola grigia di ingiurie ti colpisce violentemente e non hai gli strumenti adatti per difenderti. A volte le corazze non sono abbastanza protettive.

Non sono capace di trovare la strada opportuna, per via di quei vicoli bui e tortuosi che non portano da nessuna parte e di quelle fitte al petto che ogni tanto incupiscono i pensieri. E poi i coccodrilli e gli orsi maledettamente lenti e faticosi incapaci di rincorrere i pesci o le marmotte a causa del fiatone.

Ho continuato a vivere come sapevo fare, ma la porzione di me stessa quella dedicata alla vita sportiva, da atleta, l'ho sotterrata dentro un cumulo di diffidenza. L' ho tramor-

tita di terrore fino alla nausea. L'ho nascosta, sepolta, dilui-
ta tra le circostanze difficilmente affrontabili.

L'aumento della frequenza cardiaca distribuisce anomalie, battiti irregolari, singhiozzi fisiologici atipici e incom-
prensibili. Probabilmente sono eccezioni associate alla psi-
che che involontariamente serba incertezze e timore. Nel
post-infortunio il compito più arduo non è ripristinare i tessuti che il tempo guarirà, ma riprendersi la fiducia nei mezzi, i propri mezzi.

Avrei voluto superare il mio record nel salto in lungo,
sfidare i miei alunni nei 100metri per fargli intendere che
l'età è una postilla modificabile.

In questa vita ho conosciuto un coraggio straordinario e
anche se ora sono la pigrizia fatta a persona, una codarda
che ha deposto le armi e ha fatto della bandiera bianca la
sua corazza e il suo vascello, continuerò a trasmettere la
passione, il mal di pancia prima di una gara, la smania di
godersi una vittoria e di piangere una sconfitta. Mostrerò il
lato buono dello sport e non quello sleale e cattivo, non
quello che distrugge e seppellisce.

Le perplessità sono dentro di me ad ogni movimento, in
bici, a piedi, la notte, il giorno.

Non voglio imparare a conviverci, voglio che scompaia-
no per sempre. Voglio correre, giocare a beach volley, vincere e perdere e fiatare sulle ginocchia piegata dalla fatica.
Asciugarmi il sudore impregnato di catecolamine e agonismo.

Sentirmi sfinita e sazia di emozioni buone e abbracciare
i miei compagni di squadra ad ogni punto, ad ogni traguardo. Urlare, spezzare la corazza che mi tiene ispida e razio-
nale, diventare me stessa, trasparente e credibile come
quando lo sono in un campo, dentro le scarpe da ginnastica.

Io sono questo. Per tutto l'oro del mondo non avrei voluto essere nient'altro che questo.

Indice

Finito di stampare nel mese di Novembre 2018
da Andersen S.p.A.
per conto di Youcanprint *Self-Publishing*